CRIME À QUATRE MAINS

LES ENQUÊTES DE L'INSPECTEUR HIGGINS

Déjà parus

1. Le Crime de la momie
2. L'Assassin de la Tour de Londres
3. Les Trois Crimes de Noël
4. Le Profil de l'assassin
5. Meurtre sur invitation
6. Crime Academy
7. L'Énigme du pendu
8. Mourir pour Léonard
9. Qui a tué l'astrologue ?
10. Le Crime de Confucius
11. Le Secret des Mac Gordon
12. L'Assassin du pôle Nord
13. La Disparue de Cambridge
14. La Vengeance d'Anubis
15. L'Assassinat de Don Juan
16. Crime dans la Vallée des Rois
17. Un assassin au Touquet
18. Le Crime du sphinx
19. Le Tueur du vendredi 13
20. Justice est faite
21. Assassinat chez les druides
22. La Malédiction de Toutânkhamon
23. L'École du crime
24. Le Démon de Kensington
25. L'Aiguille de Cléopâtre
26. Brexit oblige
27. Crime sur le lac Léman
28. Comédien, assassin ?
29. Sauvez la reine !
30. L'Énigme XXL
31. Le Marchand de sable
32. Jack l'Éventreur : le retour
33. Un crime pour l'éternité
34. Les Sept Merveilles du crime
35. Crime niçois
36. L'Empreinte carbone
37. Que le diable l'emporte !
38. L'Ennemi invisible
39. Le Monstre du loch Ness
40. Le Crime d'une nuit d'été
41. Le Masque de l'assassin
42. Le Noël de l'assassin
43. Drones, les ailes du crime
44. La Couronne du crime
45. Crime bordelais
46. La Messe de l'assassin
47. L'Assassin augmenté
48. Le Mystère de la chambre noire
49. Les Larmes d'Isis
50. La Dame à la licorne
51. Crime connecté
52. Crime à quatre mains

À paraître en juin 2024

53. Crime à l'italienne

CHRISTIAN JACQ

CRIME À QUATRE MAINS

LES ENQUÊTES
DE L'INSPECTEUR HIGGINS

XO EDITIONS
J ÉDITIONS

www.inspecteurhiggins.com
www.xoeditions.com

ISBN : 978-2-37448-605-5

En 1988, sous le pseudonyme de J.B. Livingstone, j'ai publié une première version de cette enquête, aujourd'hui obsolète, sous le titre Meurtre à quatre mains. *Voici la seule version autorisée.*

« C'est celui que tu auras nourri
qui te frappera dans le dos. »

Enseignement d'un roi
à son successeur

L'Égypte menant à tout, j'ai eu la chance, lors d'un séjour de recherche au British Museum, de rencontrer un personnage extraordinaire. Aimant se faire appeler Higgins, en dépit de ses titres de noblesse, cet inspecteur de Scotland Yard avait été chargé d'un grand nombre d'enquêtes spéciales, particulièrement complexes ou « sensibles ».

Entre nous, le courant est immédiatement passé. D'une vaste culture, Higgins m'a accordé un privilège rare en m'invitant dans sa demeure familiale, une superbe propriété au cœur de la campagne anglaise. Et il m'a montré un trésor : ses carnets relatant les affaires qu'il avait résolues.

J'ai vécu des heures passionnantes en l'écoutant et obtenu un second privilège : écrire le déroulement de ces enquêtes criminelles, fertiles en mystères et en rebondissements.

Voici l'une d'entre elles.

— 1 —

En ce début d'un mois de décembre glacial, il neigeait sur Londres. La circulation était presque impossible, le manteau blanc qui avait recouvert la vieille cité étouffait les bruits. Il valait mieux demeurer chez soi, une tasse de thé ou un verre de rhum à proximité, pour admirer le spectacle aux fenêtres d'un intérieur douillet et bien chauffé.

Ce n'était pas l'avis de sir Francis Branir. L'ancien pilote de chasse, en dépit d'un âge avancé, n'avait rien perdu de son goût pour les randonnées solitaires. Londres déserte lui plaisait. À onze heures du soir, le héros de la Royal Air Force, qui s'était tant battu contre la tyrannie et pour la gloire de son pays, marchait d'un pas alerte dans les rues vides et silencieuses.

Cette promenade avait un but. Si son visage austère s'illuminait d'un sourire, c'est qu'il allait retrouver quatre couples d'amis dans son club privé, Tradition, le plus fermé et le plus sélectif du Royaume-Uni. Cette soirée s'annonçait exceptionnelle, puisque les portes du club s'ouvraient, le temps d'une réception, aux épouses des quatre meilleurs amis du président.

Sir Francis Branir donna quelques livres à une vieille clocharde qui avait pris ses quartiers d'hiver à une cinquantaine de mètres de l'hôtel particulier abritant Tradition. Assise sur une bouche de chaleur, emmitouflée dans un inextricable réseau de chiffons, aussi immobile qu'une momie, elle marmonna un vague « merci ».

Situé au cœur de Bloomsbury, non loin du British Museum, le club Tradition était, d'après des spécialistes réputés, l'un des plus anciens d'Angleterre. À l'origine, il ne s'agissait que d'une taverne. Après le grand incendie qui avait anéanti des maisons en bois, les adhérents avaient fait construire une demeure en pierre. Au début du XIXe siècle, ils avaient commandé une façade pompeuse à l'architecte Decimus Barton, fiers de manifester ainsi leur richesse et leur importance sociale.

Sir Francis Branir n'aimait guère cet art lourd et prétentieux, mais appréciait la magie du lieu. Trois volées d'escalier de six marches chacune, aménagées entre quatre paires de colonnes ioniques, donnaient accès à trois grandes portes surmontées d'un balcon aux balustrades de pierre. Plus haut, une frise, narrant les travaux d'Hercule, courait au-dessus d'une rangée de fenêtres à petits carreaux. Enfin, protégé par une nouvelle balustrade, un dernier étage au toit plat.

Il frappa trois fois trois coups à la porte centrale. C'était son code personnel.

Vint ouvrir un homme d'une quarantaine d'années en jaquette. Le front dégarni, le visage orné d'un fin collier de barbe, il portait une cravate grise en soie naturelle d'une remarquable sobriété et avait égayé son habit noir d'une rose rouge sombre à la boutonnière.

— Belle soirée, sir Francis.

— Bonsoir, Christopher. Mes invités sont-ils arrivés ?

— Je les ai installés dans la bibliothèque et leur ai servi votre meilleur sherry. M. et Mme England, M. et Mme Elope, M. et Mme Jenssens, M. et Mme Dean... Est-ce bien exact ?

— Parfait, Christopher, parfait !

Christopher prit le manteau de sir Francis Branir. Le secrétaire particulier du président était l'âme et le gardien du club. Attentif au moindre détail, il détestait l'improvisation et l'amateurisme ; depuis qu'il était entré en fonction, neuf ans plus tôt, au sortir d'une brillante carrière universitaire, pas un seul incident n'avait entaché la vie du club.

— Rien de particulier ?

— Tout est en ordre, sir Francis. Les domestiques sont partis, je servirai moi-même le dîner froid.

— Désolé de vous infliger cette corvée à une heure si tardive... Cela ne se reproduira pas.

— Nécessité fait loi, sir Francis. Et ce club est le vôtre.

D'un œil aussi expert que discret, Christopher inspecta le smoking et le nœud papillon de son patron. Rien à signaler. Le héros de la RAF portait beau, comme à son habitude ; son abondante chevelure blanche formait une couronne naturelle, ajoutant à l'autorité innée du personnage. Christopher avait pour lui une admiration sans bornes, que le maître de céans lui rendait bien. Mais les deux hommes n'avaient jamais échangé la moindre confidence sur ce point, ce qui aurait constitué la pire faute de goût.

— À vous de jouer, Christopher.

— Si vous voulez bien passer dans le salon de musique, sir Francis...

Il traversa le hall du club, tendu de velours rouge, mettant en valeur les moulures d'une rare finesse représentant des anges qui jouaient de la trompette au milieu d'entrelacs végétaux recouverts d'or fin.

Il passa, sans y prêter attention, devant une statue en marbre d'Athéna, déesse de la sagesse, l'emblème du club, puis monta un escalier dont la rampe en fer forgé était ornée de volutes aériennes, traversa un palier et pénétra dans le salon de musique, son havre de paix. Tentures de velours couleur or, lampadaires de style retour d'Égypte, fauteuils victoriens au dossier en forme de lyre, canapé rouge semi-circulaire, piano à queue et harpe se détachant sur un tapis d'Iran aux motifs géométriques... L'endroit était chaleureux, empli de mélodies muettes. Sur le plus long mur, des tableaux signés sir Francis Branir. Ils représentaient des hommes en méditation devant des montagnes, des pêcheurs, un combat entre deux épéistes. Bien des marchands avaient tenté de persuader le peintre de les vendre et d'entamer une carrière artistique. Mais sir Francis était demeuré intraitable.

Le salon de musique… sa création. Avec la plus belle de ses réussites, la présidence du club Tradition. Ici se faisaient et se défaisaient bien des destinées, ici se rencontraient les plus hautes personnalités, loin des oreilles indiscrètes. Sir Francis, tel un grand prêtre, régnait sur cet univers secret dont il était le seul à posséder toutes les clés. Sans jamais apparaître sur le devant de la scène, inconnu du grand public, l'ex-pilote était considéré comme un sage donnant des conseils aussi précieux qu'écoutés. Quant à son club, il était devenu un haut lieu de négociation où bien des conflits de toute nature avaient été évités.

Ce soir, sir Francis réunissait ses proches, les plus anciens membres du club. Eux croyaient assister à une simple fête ; lui comptait leur dévoiler un secret. Cette tâche accomplie, il pourrait envisager l'avenir avec davantage de sérénité. Comme il se l'était promis, et comme il le leur avait laissé entendre, il annoncerait un jour sa démission. Personne ne pourrait le faire revenir sur sa décision.

Ce jour était arrivé.

Sir Francis considérait sa retraite prochaine sans tristesse, sachant que l'essentiel de son œuvre serait préservé, surtout contre les charognards de tout poil, comme ce financier aux dents longues qui avait tenté d'acheter le club. Tradition ne serait jamais à vendre.

Il s'installa au piano. Loin d'être un excellent instrumentiste, il prenait plaisir à jouer des pages de Bach et de Mozart sans trop massacrer les partitions. Se délier un peu les doigts et l'âme était le meilleur moyen de se préparer à une entrevue capitale.

La porte du salon de musique s'ouvrit sans que Christopher eût frappé. Sir Francis en fut indigné. Jamais son secrétaire particulier ne s'était autorisé pareille liberté.

— Qu'est-ce que cela signifie, Christopher ?

En guise de réponse, des pas précipités.

Avant qu'il ait eu le temps d'ébaucher un geste, sir Francis ressentit un choc violent dans le dos. Aussitôt, une insupportable douleur enflamma sa poitrine. Il cracha du sang.

Il réussit à se retourner.

— Vous…, murmura-t-il.

Dans un ultime réflexe, il fit de nouveau face au piano. Son pouce, son index et son majeur enfoncèrent un *ré*, un *fa* et un *fa* dièse.

Un second choc, presque aussi violent que le premier. Il s'affala sur le clavier.

Le cœur de sir Francis éclata. Sa tête s'inclina sur la gauche et il mourut alors qu'on le frappait encore.

— 2 —

Noir, haut sur pattes, les yeux marron animés par une intelligence pétillante, le chien Geb adressa à Higgins un regard facile à déchiffrer : il était temps de mettre un terme à leur promenade matinale en forêt et de regagner leur sweet home.

De taille moyenne, les cheveux noirs et les tempes grisonnantes, la lèvre supérieure ornée d'une moustache poivre et sel, l'air débonnaire, mais l'œil vif et inquisiteur, l'ex-inspecteur-chef, pourtant considéré comme le meilleur « nez » de Scotland Yard, avait quitté la vénérable institution à la suite d'un grave différend d'ordre moral avec sa hiérarchie. Higgins ne transigeait pas avec des valeurs, certes désuètes, mais essentielles à ses yeux, telles que le sens de la parole donnée, l'exigence de vérité et la rectitude.

Ayant choisi une retraite anticipée, il goûtait un bonheur tranquille dans son manoir familial de The Slaughterers, un village du Gloucestershire. En toute saison, ses journées étaient fort occupées : entretien de sa roseraie – l'une des plus belles du royaume, selon les connaisseurs –, de son potager, tonte de la pelouse, travaux de bricolage divers, relecture des bons auteurs, écoute de ses musiciens préférés – Purcell, Bach, Haendel et Mozart.

Geb ne s'était pas trompé : d'abord, une averse de neige débutait ; ensuite, il ne fallait surtout pas être en retard pour l'heure du déjeuner. Hâtant le pas, les deux promeneurs ne tardèrent pas à emprunter le petit pont de bois qui enjambait la rivière Eye et à se diriger vers une vieille demeure surmontée de cheminées discrètement ornées d'un blason, aux murs de pierre blanche, aux fenêtres XVIIIe à petits carreaux qui rythmaient deux étages disposés selon le nombre d'or, et au porche à deux colonnes.

À peine franchissaient-ils le seuil qu'apparut Mary, la gouvernante âgée de soixante-dix ans depuis toujours, et toujours dans une forme olympique. Très digne dans sa longue robe violette en partie couverte d'un tablier blanc immaculé, elle avait traversé guerres, épidémies, crises économiques et scandales politiques sans contracter le moindre rhume. Croyant en Dieu et en l'Angleterre, Mary était un remarquable cordon bleu, qui conciliait l'inconciliable. Dans son territoire réservé, une vaste cuisine, une cuisinière à bois et les ustensiles les plus traditionnels, mais aussi un équipement informatique dernière génération, de l'ordinateur à la tablette. Elle surfait sur la Toile avec la virtuosité de Rubinstein.

— Ce n'est pas trop tôt ! s'exclama la gouvernante. Vous avez vu la tempête de neige ? Ce n'est pas un temps à mettre un chien dehors !

Higgins préféra ne pas entamer une discussion sans issue et monta dans ses appartements pour se changer. Geb, lui, se dirigea vers la cuisine, où l'attendait le chat siamois Trafalgar qui, en cette saison, ne s'éloignait du coin du feu qu'à l'occasion des repas.

Ce matin-là, l'ex-inspecteur-chef avait espéré consulter le *Times* avant que Mary ne s'en emparât illicitement. Elle réussissait à ôter la bande d'abonnement, à lire rapidement le journal, qui l'intéressait beaucoup moins que le *Sun*, tabloïd publié en ligne, à le replier et à remettre la bande avec une habileté diabolique.

Douché, parfumé, vêtu d'un costume gris en harmonie avec un nœud papillon en soie rouge, Higgins pénétra dans la salle à manger. Sous la table, le chien et le chat qui, après une solide gamelle, avaient la certitude d'obtenir des suppléments illégaux.

Mary, ayant décidé de ne rien voir, servit un caviar d'aubergines, suivi d'un bœuf bourguignon à la sauce madère, accompagné d'une farandole de légumes et d'un gratin dauphinois. Une merveille qui exigeait un grand cru de Bourgogne, que Higgins avait extrait de sa cave voûtée, datant du Moyen Âge.

Seul sujet de Sa Gracieuse Majesté à détester le thé, qui lui soulevait le cœur, l'ex-inspecteur-chef, en revanche, appréciait le bon vin qui, selon l'antique formule, « réjouissait le cœur de l'homme ».

Loin de l'agitation extérieure et du monde du crime, quel moment délicieux !

Soudain, Mary réapparut.

— Téléphone pour vous, annonça-t-elle. Urgent et important.

— De la part de qui ?

— De votre ami le colonel sir Arthur Mac Crombie. Heureusement que c'est quelqu'un de respectable. Sans l'armée, que nous resterait-il ? Comme il paraît que c'est très grave, vous pouvez entrer dans ma cuisine.

— 3 —

Membre du club archéologique de Higgins, dont les adhérents formaient un cercle très restreint d'amis fidèles, le colonel Arthur Mac Crombie n'était pas du genre plaisantin.

Dans son immense maison, il avait accumulé une impressionnante documentation concernant les guerres et les armées, à travers le temps et l'espace ; Higgins recourait à ses services en cas de nécessité, et sir Arthur se montrait plus rapide et plus précis qu'un ordinateur. Et nul secret, fût-il d'État, ne lui échappait, grâce à un réseau d'informateurs qui le considéraient comme leur mémoire.

— C'est toi, Higgins ?

— Bonjour, Arthur ; un souci ?

— Une tragédie... Une terrible tragédie !

La voix de Mac Crombie, d'ordinaire si tonique, était éraillée, presque cassée ; travailleur infatigable, le colonel disposait d'une énergie sans frein.

— Tu n'es pas malade ? s'inquiéta l'ex-inspecteur-chef.

— Je vais très bien… Enfin, très mal, à cause de ce drame inconcevable ! Tu es déjà au courant, évidemment, puisque tu as lu le *Times*.

— Je n'ai pas encore eu le temps de le consulter ; une mauvaise nouvelle, je suppose ?

— Pire que ça ! Une catastrophe dont nous ne nous remettrons peut-être pas… Contrairement à l'idée reçue, certains êtres sont irremplaçables. Et celui-là, tout particulièrement !

Les déclarations de sir Arthur étaient empreintes d'une émotion profonde.

— Pourrais-tu me fournir des précisions ? demanda Higgins.

— Tu as déjà entendu parler de mon vieux camarade sir Francis Branir, un as de la RAF, un authentique héros…

Higgins craignit que le colonel ne se lançât une nouvelle fois dans un récit complet de la bataille d'Angleterre, avec force descriptions d'exploits guerriers. Mais Mac Crombie semblait vraiment en état de choc. Il s'exprimait avec difficulté, hachant ses phrases, reprenant fréquemment son souffle.

— Francis a été assassiné, annonça sir Arthur. D'une horrible manière. Et sa mort ne passe pas inaperçue ! Le journal ne dit pas tout ; s'il précise que Francis présidait aux destinées du club Tradition, il ne révèle pas que cet endroit, ô combien feutré, abritait des entretiens très confidentiels entre des personnalités influentes appartenant aux sphères des décideurs, à savoir aux milieux que l'on dit « autorisés ».

« Un marigot peuplé de crocodiles », pensa l'ex-inspecteur-chef, réaliste.

— Francis ne méritait pas cette mort-là, déplora Mac Crombie, et nous ne devons pas laisser ce crime impuni ! Je compte sur toi pour arrêter l'assassin.

— Je te rappelle que je suis à la retraite.

— Au nom de notre amitié, je te demande d'intervenir ; toi seul es capable de démêler les fils d'une enquête qui pourrait se révéler délicate et sensible.

Le colonel ayant invoqué une valeur essentielle aux yeux de Higgins, ce dernier était pris au piège ; restait une échappatoire.

— Je suis en froid avec le grand patron, Arthur, et...

— C'est réglé. Officiellement, le superintendant Scott Marlow est chargé de l'enquête ; vous vous connaissez bien, il est ravi de ta collaboration et t'attend avec impatience.

Rompu aux exigences de l'informatique et adepte des méthodes de la police scientifique, en perpétuelle progression, Marlow avait voué son existence à Scotland Yard ; honnête et consciencieux, il ne comptait pas ses heures et n'économisait pas ses efforts.

— Merci d'accepter, Higgins, dit le colonel, soulagé ; tu sais, Branir était vraiment un type extraordinaire, et l'assassin ne peut être que la pire des canailles. Quand tu l'auras identifié, je t'offrirai un dîner d'enfer !

Peu d'estomacs résistaient aux ragoûts de la cuisinière galloise du colonel ; et cette perspective-là n'était pas la plus réjouissante.

Higgins raccrocha.

Mary, les poings sur les hanches, s'impatientait.

— Ce n'est pas trop tôt, dit-elle. Ma cuisine n'est pas une cabine téléphonique.

— N'auriez-vous pas vu le *Times*, par hasard ?

— Il se trouve dans votre boîte aux lettres, comme chaque matin, affirma-t-elle. Perdriez-vous la mémoire ?

Higgins battit en retraite ; tout se liguait contre lui. Il n'avait pas la moindre envie de se rendre à Londres pour s'occuper de l'assassinat d'un individu qu'il ne connaissait pas, d'abandonner son manoir pour les brumes de la capitale et de plonger dans l'univers du crime au lieu de goûter la chaleur d'un feu de bois et la quiétude de sa bibliothèque.

— Je prépare vos bagages, déclara Mary. N'oubliez pas de prendre vos remèdes homéopathiques, surtout *Influenzinum*. À coup sûr, vous allez m'attraper la grippe.

— 4 —

Quand Higgins atteignit la porte du club Tradition, gardée par deux bobbies, il était d'une humeur chagrine ; au cours du voyage en train, il avait subi la compagnie d'un couple bavard étalant ses dissensions et le chahut d'enfants confondant le compartiment avec une salle de jeux. La lecture du *Times* lui avait appris que sir Francis Branir était une éminence grise tirant, dans la coulisse, les fils de marionnettes s'agitant en public.

Héros bardé de décorations qu'il ne portait pas, conseiller occulte de plusieurs hautes personnalités qui le considéraient comme un sage, il ne comptait, bien entendu, que des amis. Aux yeux du rédacteur de la rubrique nécrologique, l'assassinat du distingué président du très respectable club Tradition était tout à fait inexplicable. Il faudrait la perspicacité de Scotland Yard pour identifier le coupable.

— Auriez-vous l'obligeance d'annoncer l'ex-inspecteur-chef Higgins au superintendant Marlow ? demanda-t-il au plus grand des deux policiers en uniforme.

La réaction fut rapide. Le superintendant vint lui-même chercher son collègue pour l'introduire dans le hall du club.

— Merci d'être venu si vite, Higgins !

— Mon train n'avait qu'une heure de retard.

Costume gris terne mal coupé, cravate verte mal assortie, chaussures médiocres... Marlow ne s'était jamais soucié de sa mise, contrairement à Higgins, adepte des blazers bleu marine portant un écusson aux armes de sa lignée, et des incomparables pantalons en flanelle anthracite façonnés par un tailleur œuvrant dans Regent Street.

Sérieusement enveloppé, la mine un peu rougeaude, l'allure martiale, le superintendant semblait soucieux.

— Affaire sensible, avoua-t-il ; on m'a prié avec fermeté de ne pas faire la moindre vague. Plusieurs ministres – et non des moindres – fréquentent le club. La Couronne appréciait beaucoup le défunt. En haut lieu, votre intervention a tous les suffrages ; nous avons carte blanche, mais devons aboutir très vite.

Higgins avait la réputation de pouvoir marcher sur des œufs sans en écraser un seul. Marlow, après avoir officié à Buckingham où il avait contribué à sauver Élisabeth II[1], était plus que jamais un pilier du Yard, mais il n'aimait guère les affaires tordues.

Ce club feutré ne serait-il pas une gigantesque trappe menaçant de s'ouvrir sous les pieds des enquêteurs ?

1. Lire *Sauvez la reine !*, Les Enquêtes de l'inspecteur Higgins, n° 29.

Higgins scruta le hall, gravant dans sa mémoire la couleur de la moquette, la chaleur du velours rouge, les moulures représentant des anges, la statue d'Athéna. Il régnait dans cette demeure un calme profond. Malgré le tragique de la situation, Higgins se laissa envoûter par cette atmosphère sereine, comprenant pourquoi tant d'entretiens secrets de la plus haute importance s'étaient déroulés avec succès en ces lieux.

— Comment sir Francis Branir a-t-il été tué ?

— Les conclusions de Babkocks sont formelles.

Malgré ses méthodes particulières, Babkocks était, selon Higgins, le meilleur médecin légiste du royaume ; il décelait ce que les autres ne voyaient pas, et l'on pouvait s'appuyer sur ses affirmations.

Marlow lut le rapport du spécialiste.

— La victime a été assassinée de manière sauvage et barbare. À quatre reprises, on lui a planté une lance dans le dos. L'une des blessures est si profonde qu'elle lui a transpercé le cœur. Le coup a été porté avec précision et une grande violence. Un deuxième coup, lui aussi mortel, a perforé le poumon droit. Les deux dernières plaies sont moins graves. L'arme a dérapé sur l'omoplate.

— Les techniciens de la police scientifique ont passé la scène de crime au peigne fin, je présume ?

— Bien entendu.

— L'arme du crime ?

— Retrouvée à côté du cadavre ; voici des photographies. Le labo est en train de l'étudier ; avec un peu de chance, nous pourrions trouver des empreintes ou un ADN.

Higgins contempla les clichés. L'arme lui parut des plus étranges : une pointe très allongée, une hampe assez courte. Il conserva une photographie.

— A-t-on établi sa provenance ?

— Non, répondit le superintendant.

— Le lieu du crime ?

— Le salon de musique. Venez, je vais vous le montrer.

Higgins fut séduit par la magie de la pièce, la beauté du piano, l'élégance de la harpe.

Pourtant, ce n'était plus l'harmonie qui régnait dans ce salon dévasté. Les tentures de velours or avaient été lacérées, les lampadaires et les sièges renversés et éventrés, les tableaux décrochés et jetés sur le tapis d'Iran en partie retourné.

L'ex-inspecteur-chef fit quelques pas prudents, comme s'il avançait sur un terrain miné.

— Les deux fenêtres étaient ouvertes, ajouta Marlow, et l'une des vitres brisée. On l'a remplacée à cause du froid.

— Le cadavre ?

— Affalé sur le clavier du piano.

Higgins ouvrit l'une des deux fenêtres, qui donnait sur une ruelle longeant l'hôtel particulier. Trois mètres environ séparaient le sol de la rambarde.

— La vitre brisée ?

— En bas, à droite de la fenêtre la plus proche du piano, précisa Scott Marlow. Il y a encore autre chose… ceci.

Scott Marlow sortit de sa poche une pochette de plastique contenant une petite croix rouge sang dont la branche inférieure était creusée de multiples entailles.

— Cette croix gisait sur la chaussure gauche de la victime.

Higgins examina longuement l'insolite objet.

— Je suppose que vous avez interrogé tous les témoins, mon cher Marlow ?

— 5 —

— Les témoins, les témoins ! s'emporta le superintendant ; ce ne fut pas une mince affaire ! Il y avait neuf personnes présentes dans l'hôtel particulier. Le secrétaire de la victime et quatre couples, invités à une réception très tardive. Les interrogatoires, malheureusement…

Higgins s'était arrêté devant un tableau représentant un potier, peint dans des teintes chaudes, comme enveloppé de rayons de lumière qui transformaient son visage en soleil.

— « Malheureusement » ?

Scott Marlow prit un air contrit.

— Le secrétaire loge ici. Les huit autres, je n'ai pu les retenir. Leurs relations, leur rang social, le fait qu'ils ne soient que des témoins… Ils ont quand même répondu à quelques questions. Les faits sont les suivants : le secrétaire de la victime a été assommé au moment où il sortait de l'office pour apporter des toasts aux hôtes de son patron. Le personnel ayant quitté l'hôtel particulier vers vingt-deux heures, il avait accepté de rendre ce service. Il n'a donc rien vu ni entendu. Avant d'être agressé, le secrétaire avait accueilli les quatre couples dans la bibliothèque où, conformément aux habitudes du club, il leur avait offert un verre de vieux sherry. Après en avoir bu, ils ont sombré dans l'inconscience. Le premier à s'être réveillé, semble-t-il, est le fabricant d'armes Jasper Dean. Il n'a pas vu le secrétaire inanimé dans le hall ; mécaniquement, il s'est dirigé vers le salon de musique. Il a découvert le cadavre et ôté la lance. Les autres se sont réveillés peu après, mais leurs témoignages sont confus, incohérents. Jasper Dean croit s'être évanoui de nouveau et ne garantit pas l'exactitude de ses déclarations.

— Le sherry a-t-il été analysé ?

— Il contenait un somnifère à action rapide.

— À quelle heure les invités se sont-ils réveillés ?

— Vers cinq heures du matin.

— Le secrétaire était donc toujours inconscient ?

— En effet ; il a été sévèrement frappé à la nuque. C'est un médecin du Yard qui l'a soigné, car il a refusé de quitter le club. Vous le trouverez dans la bibliothèque. Il affirme avoir trop de travail pour perdre son temps à l'hôpital.

Enjambant les tableaux, Higgins continua ses allées et venues dans le salon de musique, ce lieu de paix et d'harmonie qu'avait bouleversé un crime. L'ex-inspecteur-chef eut le sentiment que le mystère ne serait pas facile à percer.

— Où avez-vous procédé à l'interrogatoire des témoins ?

— Dans la bibliothèque ; ils étaient tous en état de choc. Le secrétaire n'a prononcé que des phrases incompréhensibles, les autres se plaignaient de maux de tête et de nausées. Tous se sont déclarés horrifiés par le meurtre. Je pense quand même avoir obtenu un indice décisif.

L'œil de l'ex-inspecteur-chef s'alluma.

— Lequel ?

— J'ai procédé moi-même à une fouille avant de les laisser partir, à cause d'un appel en provenance du 10 Downing Street, vous comprenez…

Higgins comprenait parfaitement. S'il avait quitté le Yard, c'était en raison de ce genre d'intervention.

— Hommes et femmes, poursuivit Marlow, avaient été dépouillés de leurs montres, de leurs portefeuilles et de leurs bijoux. Ils ne possédaient presque plus aucun objet personnel. J'ai établi une liste détaillée.

Le superintendant la chercha sur son portable et la montra à Higgins.

Résultats de la fouille
Objets trouvés sur les témoins

– Christopher, secrétaire :	un stylo, un mouchoir, des billets de banque
– Ernie JENSSENS :	un bouton en nacre
– Hanna JENSSENS :	une épingle dorée
– Reginald-John ENGLAND :	un trousseau de clés
– Sue ENGLAND :	un poudrier miniature
– Freddy ELOPE :	un gant en caoutchouc très fin
– Eleonora ELOPE :	rien
– Jasper DEAN :	un plan de Londres
– Ruth DEAN :	un calepin

— Avez-vous conservé ces éventuels indices, superintendant ?

— Hélas, non ! Ils ne me l'ont pas permis. Et ils ont porté plainte pour le vol de leurs portefeuilles et de leurs bijoux.

— Tout cela ne nous oriente-t-il pas sur la piste d'un criminel venu de l'extérieur pour dévaliser ces gens ?

Le superintendant fit la moue.

— Vous oubliez la lance ; ce n'est pas une arme de cambrioleur !

— Tentons d'abord de savoir d'où elle provient ; peut-être s'agit-il d'un concours de circonstances. Imaginez qu'un voleur professionnel ait su que ce club accueillait à une heure tardive, ce soir-là, des gens très riches. Pas de domestiques, seulement le secrétaire du président, des femmes couvertes de bijoux... Une aubaine.

Scott Marlow parut ébranlé.

— Pourquoi un cambrioleur aurait-il massacré sir Francis Branir ?

— Un autre concours de circonstances, particulièrement malheureux... Fait certain : il y a eu vol. Serait-ce le point crucial de cette sinistre affaire ?

— Comment retrouver un rôdeur ? s'angoissa Scott Marlow, désappointé.

— Le voleur finira par commettre une erreur en vendant son butin ; consultez sans délai les indicateurs liés aux receleurs.

— Trop long, Higgins, beaucoup trop long ! On exige des résultats immédiats...

— Si vous envisagiez un crime sans prémédita-tion commis par un détrousseur de gens aisés, nous gagnerions un délai.

Scott Marlow se gratta l'oreille droite.

— En ce cas, évidemment... Ce ne serait pas la pire des solutions, mais obtenir une certitude ne sera pas facile !

— Je vous conseille de fouiller ce club de fond en comble.

— Excellente idée, approuva Marlow.

— Pourriez-vous me procurer les adresses des témoins ?

Le superintendant les fit défiler sur l'écran de son portable, Higgins les nota sur son carnet noir.

— Le secrétaire est-il visible ?

— Certainement. Comme je vous l'ai dit, il travaille dans la bibliothèque.

Le superintendant y conduisit son collègue avant d'entreprendre son exploration.

Higgins frappa.

N'obtenant pas de réponse, il entra.

Le secrétaire, surpris, leva la tête dans sa direction. Il était assis à un bureau couvert de dossiers.

— Christopher, je présume ?

— Oui... Qui êtes-vous et que me voulez-vous ?

— Higgins, Scotland Yard. J'aimerais que vous me donniez le nom de l'assassin de sir Francis Branir.

— 6 —

— Je vous demande pardon ?

Éberlué, le secrétaire se leva, faisant face à son accusateur.

— Avant d'être assommé, suggéra Higgins, n'avez-vous pas aperçu votre agresseur ?

— Malheureusement non.

— Que s'est-il passé exactement ?

Le secrétaire se rassit. Ni beau ni laid, il avait un visage allongé, un front dégarni et des yeux méditatifs. Le collier de barbe lui donnait une allure aristocratique, rehaussée par l'élégance de sa mise.

— J'avais servi, comme il est de tradition au club, un verre de vieux sherry aux invités de sir Francis. Puis je suis sorti de la bibliothèque pour aller chercher des toasts au caviar que le cuisinier avait préparés à l'office. Je traversais le hall quand j'ai été agressé par-derrière. Un choc sur la nuque, et je me suis évanoui. Il me reste une belle bosse, encore bien douloureuse.

— Vous devriez la badigeonner avec de la teinture-mère d'arnica, préconisa Higgins ; dans quelques jours, il n'y paraîtra plus. Quand vous êtes-vous réveillé ?

— Au petit matin… Le premier visage que j'ai vu fut celui de Mme England. Elle me secouait comme un prunier. « Ce n'est rien du tout, prétendait-elle. J'ai eu des bosses dix fois plus grosses que celle-ci. »

— Aviez-vous bu du sherry ?

— Je ne consomme jamais d'alcool, inspecteur.

— Pourquoi donc ?

— Ma fonction me l'interdit. Je dois avoir l'esprit clair en permanence.

— Est-ce vous qui servez le sherry, d'ordinaire ?

— Non. Étant donné l'heure tardive, j'ai suppléé le maître d'hôtel. Chaque membre sait que la bouteille est toujours au même endroit depuis la fondation du club, entre *Le Songe d'une nuit d'été* de Shakespeare et *Le Paradis perdu* de Milton.

Higgins s'avança vers la bibliothèque, remplie de magnifiques reliures. L'endroit fleurait bon la littérature classique, les vieux auteurs, le travail soigné. Boiseries de chêne massif, fauteuils profonds, tapis épais, tentures vieil or composaient un univers clos, à l'abri des modes et des influences extérieures.

L'ex-inspecteur-chef constata que la bouteille de sherry était à sa place.

— Je l'ai remplacée, expliqua Christopher ; elle provient de la cuvée exceptionnelle, conservée dans la cave. C'est la tradition du club.

Higgins toucha du doigt l'une des colonnes corinthiennes rythmant l'espace de la bibliothèque. C'était du marbre et non du stuc. Tout, dans la bibliothèque, était authentique : la cheminée provenant d'un château écossais du Moyen Âge, les fauteuils Regency, les cendriers en argent, les pendules victoriennes. Des pilastres rainurés avec un art délicat séparaient les rayonnages.

— Qui était sir Francis Branir ?

— Un homme extraordinaire, répondit Christopher sans hésiter. Un héros de la RAF, le meilleur des administrateurs, le patron incontesté du club le plus discret de Londres, le...

— Je sais tout cela, le coupa Higgins.

— En douteriez-vous ?

— Pas un instant, mais j'aimerais mieux le connaître. Vous étiez son proche collaborateur, peut-être son ami...

Christopher leva le menton. Son émotion devint perceptible.

— Sir Francis m'honorait de son amitié, en effet, et n'accordait pas sa confiance à n'importe qui. De très importantes personnalités fréquentaient le club et...

Le secrétaire marqua une pause, comme s'il en avait trop dit.

— Et vous deviez leur garantir une totale confidentialité ? suggéra Higgins.

Christopher acquiesça d'un hochement de tête.

— Comment cela se passait-il ?

— Les membres du club venaient déjeuner ou dîner, lire un journal, consulter un livre, fumer un cigare... Lorsqu'une entrevue particulière était organisée, les participants étaient conviés par sir Francis dans le salon de musique.

— Ainsi, il assistait à toutes les conversations ?

— Non. La semaine dernière, par exemple, un ministre a rencontré une syndicaliste dans le plus grand secret. Sir Francis les a laissés entre eux. La politique ne l'intéressait pas. Ce qu'il désirait, c'était l'harmonie ; il cherchait sans cesse à créer des liens entre les puissants de ce monde, à les amener à discuter, à confronter leurs points de vue sans jouer la comédie comme ils sont obligés de le faire en public.

— Je suppose que vous approuviez cette attitude ?

— Tout à fait, inspecteur.

Higgins baissa les yeux, admirant le magnifique tapis d'Orient au rouge profond.

— J'ai une question très délicate à vous poser. Vous pouvez refuser d'y répondre.

Christopher fronça les sourcils.

— Je vous écoute.

— Sir Francis conservait-il des dossiers... ou des enregistrements ?

Les doigts de la main droite du secrétaire se crispèrent sur un cendrier en argent massif. Un instant, Higgins crut qu'il allait le lui jeter à la figure.

— Ne vous avisez plus de proférer de pareilles calomnies ! Je ne permettrai à personne de salir la mémoire de l'homme le plus intègre que cette terre ait jamais porté.

Higgins s'assit pour prendre des notes sur son carnet noir, à l'aide d'un crayon à la pointe finement taillée.

— Aviez-vous de longues conversations avec sir Francis ?

— Rarement, inspecteur. Il n'était guère loquace, et nous nous comprenions à demi-mot. Pourtant, il y a une semaine, il s'est assis dans le fauteuil où vous avez pris place. Il était plus de minuit. Nous étions seuls, et nous avons parlé au moins deux heures. Je crois… Je crois qu'il m'a traité un peu comme son fils cette nuit-là. Il a évoqué ses peurs de pilote de chasse, ses joies d'avoir réussi à faire de ce club un havre de paix, sa certitude que la corruption n'a pas tout envahi et que le monde ira mieux demain.

Higgins cernait mieux la personnalité de sir Francis Branir ; elle lui rappelait celle d'un vieux sage qu'il avait connu en Orient pendant son adolescence itinérante. Ces hommes-là appartenaient à une race particulière, capable de résister le front haut aux pires épreuves. Ils avaient une ligne de conduite et n'en variaient pas, quelles que fussent les circonstances. Ils attiraient des jalousies féroces de la part des médiocres, des jalousies qui pouvaient devenir mortelles.

Higgins commençait à s'intéresser vivement au drame qui s'était produit dans ce club huppé ; jusqu'à présent, il s'était contenté de rendre service à un ami. L'ex-inspecteur-chef se prenait à aimer cet endroit, à déplorer la disparition d'un être de qualité, à désirer que la vérité fût établie.

— Comment expliquez-vous la sauvagerie du crime ?

Le secrétaire parut interloqué.

— « Sauvagerie »… Pourquoi ce terme ?

— Ignorez-vous les circonstances du trépas de sir Francis ?

— Je n'ai pas vu le cadavre et ne pourrai rendre hommage à sir Francis que lors de son inhumation.

— Vous n'êtes donc pas entré dans le salon de musique après votre réveil ?

— La police l'interdisait.

— Sir Francis Branir a été frappé dans le dos à quatre reprises, expliqua Higgins. Avec une rare violence qui prouve une haine féroce.

Le secrétaire particulier pâlit à vue d'œil.

— C'est abominable... Mais qui a pu...

— Connaissez-vous quelqu'un, dans l'entourage de sir Francis, qui ait le goût des armes blanches ?

D'une démarche hésitante, Christopher se dirigea vers le rayonnage de la bibliothèque où se trouvait la bouteille de vieux sherry. Il s'en versa un verre, le but cul sec et s'effondra dans un fauteuil.

Higgins lui montra la photographie de l'arme du crime.

Christopher sursauta.

— C'est... c'est la lance d'Athéna !

— 7 —

Se levant d'un bond, le secrétaire sortit en courant de la bibliothèque. Higgins, sans précipitation, le suivit.

Christopher s'était immobilisé devant la statue d'Athéna, trônant dans le hall du club Tradition.

— Vous voyez ! L'arme de la déesse manque !

— Depuis combien de temps a-t-elle disparu ?

— Elle n'a pas disparu... Elle était si abîmée que sir Francis avait demandé à son ami Jasper Dean de la réparer. Il l'a rapportée jeudi, le soir où il était invité, le soir où sir Francis a été...

— La lance a-t-elle été immédiatement remise dans la main de la déesse ?

— Oui, inspecteur ; par M. Dean lui-même.

Higgins tâta les tentures, les souleva, examina les murs.

— Lors de la fouille qu'il a pratiquée, le superintendant Marlow a constaté que vous déteniez une forte somme d'argent en billets de banque. D'où provenait-elle ?

Croisant les bras, le secrétaire s'adossa à la statue d'Athéna.

— Une prime exceptionnelle accordée par sir Francis. À propos d'argent…

Higgins évita de regarder Christopher. Ce dernier était sur le point de lui fournir une indication de première importance, il ne fallait pas couper son élan.

— Ce matin, j'ai eu l'autorisation d'entrer dans le salon de musique. Le superintendant m'a demandé si rien n'avait disparu ; j'étais tellement bouleversé par le désordre qui y régnait qu'un détail m'a échappé : le tiroir du petit bureau installé derrière le piano gisait sur la moquette. Il était vide ! Ce n'est pas normal, il y avait toujours une somme en argent liquide que sir Francis utilisait pour les primes.

— Faites-moi visiter le reste du club, exigea Higgins. Je ne connais encore que le hall, la bibliothèque et le salon de musique.

— Volontiers, inspecteur ; je vous précède.

Tradition comprenait une série de salons cossus où l'on pouvait dîner, prendre un verre, lire son journal, rencontrer des amis et des relations. Une vaste cuisine, parfaitement aménagée, permettait à des chefs étoilés de préparer des repas de qualité. À l'étage, le logement occupé par sir Francis lorsqu'il n'était pas en voyage, et un autre réservé à son secrétaire particulier. Ce dernier et Higgins y croisèrent Marlow, en pleine investigation.

— Des trouvailles, superintendant ?

— Rien encore.

— Disposez-vous d'une chambre d'ami ? demanda Higgins au secrétaire.

— Au deuxième étage, à côté de la buanderie.

La chambrette était modeste, le confort élémentaire, la propreté impeccable.

— Je m'installe ici, décréta l'ex-inspecteur-chef.

Higgins s'assit sur le lit ; le sommier grinça raisonnablement. Christopher s'appuya à la fenêtre.

— Si je peux vous rendre quelque service, inspecteur…

— J'aimerais que vous me parliez des invités présents au club lors de cette tragique soirée.

— Je les connaissais assez mal, déclara Christopher, réticent.

— Ne sont-ils pas membres du club depuis plusieurs années ?

— Si… Et même bien davantage ! MM. Dean, Elope, England et Jenssens sont membres fondateurs en compagnie de sir Francis Branir. M. Dean est un fabricant d'armes commercialisées par l'État. M. Elope est chimiste dans un groupe de taille internationale. M. England est le patron d'une des plus grandes entreprises de transport du pays. M. Jenssens est chirurgien militaire à la retraite. Je n'en sais pas davantage ; si vous n'avez plus besoin de moi, inspecteur, j'aimerais m'allonger. La tête me tourne.

— Reposez-vous, Christopher ; nous nous reverrons bientôt.

Le secrétaire s'éclipsa comme s'il fuyait quelque danger. Plutôt coopératif jusque-là, il s'était brusquement contracté, refusant de s'exprimer pleinement sur le compte des invités privilégiés de la victime.

Marlow réapparut, bougon.

— Rien de rien, déplora-t-il.

— J'occupe la chambre d'ami, annonça Higgins.

— Vous… Mais pourquoi ?

— Cette affaire est étrange, très étrange… Établissons un cordon de surveillance.

— Que craignez-vous ?

— Le voleur a-t-il subtilisé ce qu'il cherchait ? S'il est contraint de revenir, nous l'intercepterons. Et s'il est aussi l'assassin, l'énigme sera résolue.

En dépit des hypothèses, cette perspective réjouit Marlow. Une tentative de vol se terminant par une agression et la mort tragique du président du club, qui se trouvait au mauvais endroit au mauvais moment… Plausible.

— Je dispose des policiers en civil autour du club, décida Marlow ; ils arrêteront quiconque tentera de s'y introduire.

Higgins, lui, se réservait un périple dans l'hiver londonien.

— 8 —

Dans l'air très vif voletaient des flocons de neige. Higgins s'apprêtait à héler un taxi lorsqu'il entendit fredonner un air provenant de la cantate BWV 51 de Jean-Sébastien Bach, œuvre que l'ex-inspecteur-chef appréciait au plus haut point. Il tendit l'oreille, qu'il avait aussi fine que celle d'un félin, détectant vite l'origine de l'émission vocale dont il déplora le style heurté. La musique de Bach ne supportait pas une interprétation approximative, même si la soprano avait des circonstances atténuantes.

Sans aucun doute, en effet, c'était une vieille clocharde qui se lançait avec vaillance à l'assaut des arpèges vertigineux de l'*allegro* final de la cantate que de rares cantatrices maîtrisaient, avec une virtuosité doublée d'une indispensable élégance.

Intrigué, Higgins s'approcha de la musicienne emmitouflée dans des chiffons d'une propreté aussi douteuse que ses notes aiguës.

— Permettez-moi, chère madame, de vous féliciter pour le choix de votre répertoire.

L'ex-inspecteur-chef avait décidé de taire ses critiques pour encourager cette surprenante virtuose.

La vieille termina malencontreusement sa montée chromatique par une éructation suivie d'une toux grasseyante. Avant même de dévisager son interlocuteur, elle plongea au cœur de ses chiffons pour en retirer une bouteille de bière. Elle but au goulot et s'essuya les lèvres d'un revers de manche.

— Ça vous a plu, inspecteur ?

— Vos efforts sont dignes d'estime. Comment savez-vous que j'appartiens à Scotland Yard ?

La clocharde fut secouée d'un rire énorme.

— Je suis locataire de cette bouche de chaleur depuis des lustres. L'endroit le plus intéressant du coin, c'est le club, là-bas ; il y entre souvent du beau monde ! Le soir, ça fait du spectacle... Avant-hier, quand les bobbies et un gros inspecteur à l'imperméable froissé ont débarqué, j'ai compris qu'il y avait eu du grabuge. Un crime, rien que ça ! Ce pauvre sir Francis... L'un des rares types bien que comptait cette ville de misère ; il ne passait jamais devant moi sans me donner quelque chose. Vous, quand je vous ai vu arriver, j'ai su que Scotland Yard envoyait une huile pour dénicher le meurtrier. Des inspecteurs comme ça, tirés à quatre épingles, on n'en fait plus ! C'est vrai que sir Francis n'était pas n'importe qui... Vous allez l'attraper, ce salaud d'assassin, hein ?

Le souffle alcoolisé obligea Higgins à reculer d'un pas.

— Telle est bien mon intention, affirma-t-il. Le soir du crime, vous trouviez-vous à cet endroit ?

— Je quitte rarement mon chez-moi, et j'ai des amis qui m'apportent à manger.

— Pourriez-vous me dire combien de personnes sont entrées au club après onze heures du soir ?

— Bien sûr que oui... J'ai une fameuse mémoire !

La clocharde se tapa le front avec le goulot de la bouteille de bière.

— Le premier couple est arrivé en taxi : un petit bonhomme à moustache noire, avec sa femme, une brunette pas grande non plus, fumant une cigarette. Deuxième couple, en taxi aussi : lui, un type nerveux avec un grand nez busqué, elle, une toute raide pincée. Troisième couple, en voiture avec chauffeur : lui, rondouillard, barbu, pète-sec, elle, une blondasse qui s'y croit, râlant après son chauffeur. Quatrième, encore en taxi : lui, un vieux rougeaud aux cheveux blancs, elle, une brune auburn excitée. Ils en sont presque venus aux mains avant d'entrer ; mais pourquoi je vous raconte tout ça ? Je me fais encore posséder... Je suis vraiment trop bonne.

Une négociation s'imposait.

— Je présume que vous acquittez un loyer pour cet emplacement, chère madame ?

— Évidemment, répondit la clocharde, soupçonneuse. En quoi ça vous intéresse ?

— Peut-être pourrais-je y participer.

— Pas la peine, je me débrouille. Il y aurait bien quelque chose...

— Je vous écoute.

— Apportez-moi du thé. Du vrai. Du bon. Ensuite, on pourra causer.

— C'est entendu. Nous nous reverrons d'ici peu.

— Moi, je bouge pas d'ici.

Higgins salua l'étrange cantatrice et héla un taxi. Assis à l'arrière, il déplora l'intrusion d'un placard publicitaire pour salon de coiffure, à côté de la plaque donnant le numéro de la voiture. Par bonheur subsistait encore la vitrine séparant le chauffeur du passager et empêchant toute conversation inutile sur la qualité du temps et l'évolution de la politique britannique.

Le taxi déposa l'homme du Yard à Beauchamp Place, une délicieuse rue étroite dont l'atmosphère était davantage celle d'un village de province que d'une grande métropole. Des boutiques anciennes au décor désuet et des restaurants pittoresques rendaient l'endroit attirant.

Higgins sonna à la porte de l'appartement des Dean. Un valet de chambre lui ouvrit.

— Scotland Yard. J'aimerais parler à M. Dean.

— Monsieur et Madame sont sortis : un concert en faveur d'une œuvre de charité au Royal Albert Hall ; ils occupent la loge d'honneur. Ils viennent juste de partir.

L'ex-inspecteur-chef ne perdit pas une seconde ; le Royal Albert Hall n'était guère éloigné de Beauchamp Place. Higgins entra dans l'édifice, dont la forme combinait cercle et croix, avant que le concert ne fût commencé. On organisait là des soirées de musique viennoise, des concours de danse, des conférences sur le Christ. L'association des scouts y donnait un festival.

En ce milieu d'après-midi, le Royal Albert Hall n'était peuplé que de messieurs en smoking et de dames en robe longue. Au programme, des œuvres de Tchaïkovski, notamment l'*Ouverture 1812*, avec bruits de canon et de mortier. Les hommes d'affaires, dont le fabricant d'armes Jasper Dean, qui recueillaient des fonds destinés à l'enfance malheureuse, faisaient preuve d'une attention exquise. Les plus grands chefs s'étaient produits dans ce que les Londoniens considéraient comme le gymnase le plus chic du monde, puisque le Royal Albert Hall accueillait aussi des manifestations sportives, dont des combats de boxe.

Les Dean étaient déjà installés dans leur loge. Lui avait bien un grand nez busqué et ne cessait de croiser et de décroiser les jambes. Elle était bien raide et pincée.

— Désolé de vous déranger, dit Higgins ; j'appartiens à Scotland Yard.

— Encore cette insupportable affaire, déclara Ruth Dean d'une voix métallique. Cessera-t-on un instant de nous importuner ?

— Quand faut y aller faut y aller, admit Jasper Dean de sa voix rauque et éraillée. Ça nous permettra d'échapper à cette musique barbante ; on discute au bar ?

— Il y a des endroits moins vulgaires, mon cher, objecta sa femme.

— C'est possible, mais j'ai soif.

Ruth Dean haussa les épaules sans perdre une once de sa raideur. À contrecœur, elle suivit les deux hommes ; Jasper Dean commanda un whisky écossais, Higgins l'imita.

— Je n'ai pas l'intention de répondre à vos questions, inspecteur, annonça la femme du fabricant d'armes. Comme je l'ai déclaré à votre collègue le superintendant Marlow, je n'ai rien vu ni rien entendu. On m'a honteusement droguée et je porterai plainte.

— Ça suffit, Ruth, intervint Jasper Dean ; tu oublies la mort de ce pauvre Francis.

Vexée par la remarque de son mari, Ruth Dean se drapa dans le silence. Jasper Dean sirota son whisky.

— J'ai perdu un rein sur un théâtre d'opérations, inspecteur, mais pas le goût des bonnes choses ; à condition de ne pas offenser Dieu et les saints. Jésus a demandé d'honorer les pauvres ; moi, j'obéis. Il faut aimer son prochain comme soi-même. Savez-vous ce qui est vraiment important ? Faire entrer l'Église anglicane dans le giron de l'Église catholique ! Ruth et moi, nous nous consacrons à cet idéal depuis plus de vingt ans. Nous dépensons sans compter, et je ne tarderai pas à vous demander votre contribution !

— Permettez-moi de solliciter d'abord la vôtre, intervint Higgins. Le soir du meurtre, votre rôle semble avoir été différent de celui des autres invités.

— 9 —

La voix du fabricant d'armes devint plus rauque encore.

— Différent ? En quel sens ?

— N'êtes-vous pas le premier à vous être réveillé ?

— Il paraît…

— Pourquoi vous êtes-vous dirigé vers le salon de musique ?

— Une impulsion incontrôlée… Francis nous avait donné rendez-vous là-bas. J'ai agi comme un somnambule, avec le sentiment d'être en retard. Stupide, non ?

— Comment avez-vous réagi en découvrant le cadavre de sir Francis Branir ?

Jasper Dean regarda sa femme, indifférente à l'entretien.

— Je n'ai pas compris. Je n'ai vu que la hampe de cette lance.

— Parce que vous veniez de la réparer.

— C'est vrai…

— À votre propre initiative ?

— C'est Francis qui me l'avait demandé. Il tenait à ce que son club fût impeccable jusque dans le moindre détail ; et les armes en tout genre, ça me connaît.

Le regard de Higgins se fit perçant.

— Pourquoi ne pas avoir parlé de cela au superintendant Marlow ?

Jasper Dean baissa la tête.

— J'avais oublié.

— Vous prétendez que c'est la victime qui vous a demandé de réparer l'arme du crime ; avez-vous un témoin pour corroborer vos dires ?

Jasper Dean s'empourpra et haussa le ton.

— Ma parole ne vous suffit pas ? Un témoin... Bien sûr que non ! Francis m'accordait sa confiance depuis de nombreuses années, et je suis l'un des fondateurs du club. J'ai beaucoup de relations haut placées, inspecteur, et j'ai horreur qu'on me cherche des poux dans la tête.

— Ne te mets pas en colère, recommanda Ruth Dean, c'est mauvais pour ta tension. Nous savons tous que tu n'as rien à te reprocher. Nous partons la semaine prochaine pour notre propriété des Cornouailles, inspecteur ; mon mari est un excellent marin et a besoin de repos. N'espérez pas nous empêcher de quitter Londres.

— Souhaitons que l'assassin soit identifié d'ici là, chère madame.

— Moi, je m'en lave les mains, ironisa Jasper Dean ; à chacun son métier.

Il se détourna pour absorber, dans un geste vif, des pilules roses.

— Des tranquillisants pour ma tension, expliqua-t-il.

— Après avoir ôté la lance, insista Higgins, qu'avez-vous fait ?

— C'était comme un brouillard. J'ai dû la lâcher… Je suis ressorti de ce maudit endroit, me suis cogné au mur, puis j'ai descendu l'escalier et je suis tombé dans les pommes. Par moments, j'avais l'impression de voler comme un oiseau… Voler, moi ! Ridicule. Cette saloperie de somnifère m'a détraqué l'estomac. Quand je me suis réveillé pour de bon, j'ai vu la tête de mon copain Freddy Elope. Aussi brumeux que moi ! Il m'a aidé à me mettre debout. On a aidé les autres, les femmes d'abord. Quelqu'un a crié… Eleonora Elope, je crois. Elle avait découvert le secrétaire assommé dans le hall. Sue England a appelé la police, et voilà tout !

— Sue est toujours la première à tout faire, remarqua Ruth Dean, hautaine.

— En réparant la lance d'Athéna, ne l'avez-vous pas transformée en arme dangereuse ?

— J'aime le beau travail. Vous auriez vu la pointe ! Tellement affûtée qu'elle aurait pu transpercer n'importe quoi !

— Jasper !

Ruth Dean avait presque crié, son mari s'aperçut soudain de l'énormité de ses déclarations. Son visage devint rouge de honte et sa voix s'érailla davantage.

— J'ai besoin d'un autre whisky.

— Pas après tes médicaments.

Higgins était intrigué par le comportement de l'épouse du fabricant d'armes. Elle ne bougeait presque pas, n'avait qu'une seule expression, et ses traits semblaient figés. Un terme lui vint à l'esprit pour la qualifier : morte-vivante.

— Ce n'est quand même pas ma faute, se plaignit Jasper Dean, si on a utilisé la lance pour tuer Francis ! Dieu n'accable pas les honnêtes gens. J'ai ma conscience pour moi et je sais qu'il ne m'en veut pas.

— Quels étaient vos rapports avec les autres invités de cette soirée, les Jenssens, les Elope et les England ? interrogea Higgins.

Les époux Dean se regardèrent en coin, comme s'ils se contrôlaient mutuellement.

— Ce sont des amis de toujours, affirma Jasper Dean.

— Spécialement les Jenssens, précisa Ruth Dean. Ernie Jenssens fait du bateau avec mon mari, nous passons les vacances ensemble. Nous connaissons moins bien les Elope. Ce sont des gens discrets, effacés.

— Et les England ?

— Reginald-John England est un homme important et très occupé, indiqua Jasper Dean. Nous nous croisons lors de réceptions mondaines et...

— C'est surtout un parvenu qui tente maladroitement de s'imposer dans la haute société, expliqua Ruth Dean.

— Il a quand même beaucoup de qualités, rectifia Jasper Dean. Il est travailleur, il...

— C'est principalement sa femme, Sue, qui travaille ; lui, il est spécialisé dans les déjeuners et les dîners. On appelle cela... les relations commerciales.

— À votre avis, sir Francis Branir détenait-il un secret susceptible de déclencher une haine meurtrière ?

— Sûrement pas, répondit aussitôt Jasper Dean ; il était franc comme l'or et entier comme un bloc de pierre. C'est un rôdeur qui l'a assassiné.

Ruth Dean avait détourné la tête.

— Votre opinion, madame ?

— Sir Francis était un être exceptionnel. Trop exceptionnel, sans doute.

— Que voulez-vous dire ?

— Rien de plus, et rien de moins, inspecteur.

Jasper Dean serrait son verre vide.

— Son secrétaire particulier, Christopher… Quel genre d'homme est-il ?

— Un excellent professionnel, jugea le fabricant d'armes. Depuis qu'il gère le club, Tradition n'a pas commis la moindre faute de goût. C'est exactement l'employé qu'il fallait à Francis.

— Peut-être, nuança Ruth Dean.

Jasper Dean se leva.

— Nous n'allons pas passer la journée ici, j'ai du travail à l'usine ; heureux de vous avoir connu, inspecteur. Venez, ma chère.

Higgins regarda s'éloigner les Dean. Lui, un peu voûté, pressé, gesticulant ; elle, froide, hautaine, presque absente. Ils n'avaient qu'un point commun : le mensonge par omission.

— 10 —

En ce dimanche d'hiver, Londres était la proie de l'humidité, du brouillard et de la grisaille. Dans les rues vides, de rares promeneurs munis de parapluies passaient devant des boutiques fermées. Les squares, déserts, n'étaient peuplés que de moineaux. Remplaçant la neige, une pluie fine tombait.

Le taxi déposa Higgins à St. James's Square, près du palais du même nom. Là avaient longtemps résidé des aristocrates en odeur de sainteté à la Cour, qui choisissaient de luxueux hôtels particuliers ; celui où habitaient les England datait du XVIIIe siècle. Sa façade avait été dessinée en 1726 par Shepherd : une porte d'entrée encadrée de lourdes colonnes doriques, un premier étage dont les hautes fenêtres à petits carreaux couronnées de triangles équilatéraux éclairaient l'appartement des maîtres, un second étage aux fenêtres étroites et carrées, réservé aux domestiques.

L'endroit ne manquait pas de charme, échappant à l'agitation de la grande cité.

Un colosse empâté ouvrit la porte de la demeure au dixième coup de sonnette.

— Vous voulez quoi ?

— Scotland Yard. Pourrais-je m'entretenir avec M. ou Mme England ?

— Ben… Faut voir. Ils finissent de dîner.

— Voyez donc, je vous prie.

— Une seconde.

Pendant que le domestique allait consulter ses patrons, Higgins découvrit le hall d'entrée. Les murs étaient couverts de cadres contenant des diplômes honorifiques, des médailles et des décorations, répartis de manière égale entre les époux England : premier prix de tir aux pigeons, médaille d'or de la Dorchester High School, diplôme d'honneur du Rotary Club, Fil Rouge de la haute couture… La litanie semblait interminable.

— Vous pouvez venir, annonça le domestique. On vous attend.

En progressant vers la salle à manger, Higgins observa les tableaux, les estampes, les dorures, les candélabres, les lustres, les armoires, les commodes.

Tout en longueur, aussi chargée que le reste de la demeure, la salle à manger était occupée par une dizaine de personnes. À l'une des extrémités de la longue table, une femme d'une cinquantaine d'années à la chevelure d'un blond agressif et à la poitrine plutôt opulente. À l'autre, un homme paraissant plus âgé, bedonnant, portant une barbe grisonnante.

— Venez vous joindre à nous, inspecteur ! clama Reginald-John England d'une voix qui sembla à Higgins légèrement forcée.

La maîtresse de maison apostropha vertement le domestique, lui reprochant d'avoir fait attendre un haut fonctionnaire de la police de Sa Majesté. Le colosse, la tête basse, se retira à l'office.

— Pardonnez-moi d'interrompre cette petite fête, monsieur England.

— Ne vous excusez pas, c'est un repas de famille tout à fait ordinaire ! Aujourd'hui, nous ne sommes pas très nombreux.

— J'aimerais vous parler en particulier.

— Nos invités nous pardonneront.

Les époux England quittèrent la table et introduisirent l'ex-inspecteur-chef dans un salon meublé de manière conventionnelle. Les fauteuils, le tapis, la table basse se trouvaient dans la vitrine de n'importe quel marchand s'adressant à des gens sans imagination.

— Du thé, inspecteur ? proposa Sue England ; je le fais venir spécialement des Indes dans des caisses inscrites à mon nom.

— Merci de votre obligeance ; j'ai eu le plaisir de me désaltérer en compagnie de vos amis les Dean.

Vêtue avec recherche d'une robe rouge assortie à ses escarpins, Sue England fit scintiller les bagues en diamant qu'elle portait à la main gauche.

— Des gens délicieux... Ruth Dean est un peu terne et pincée, mais on ne peut pas demander à tout le monde d'être brillant.

Au revers de son veston, Reginald-John England arborait l'insigne du Rotary Club dont il était l'un des membres les plus éminents. Son épouse avait le cou orné d'une rivière de diamants qu'elle se plaisait à frotter de temps à autre entre le pouce et l'index.

— Que pensez-vous de la récente compétition de cricket, inspecteur ? pérora-t-elle. Le temps était épouvantable, mais nos champions se sont illustrés d'une manière remarquable.

— J'ai fait mieux et dans des circonstances plus difficiles, indiqua son mari.

— Je n'en doute pas, assura Higgins, mais je dois vous importuner avec une affaire plus délicate.

— La mort de ce pauvre Francis, je parie ! clama Sue England. Un homme si extraordinaire... J'ai connu des crimes plus affreux encore ; dans ma famille, un cousin s'est fait étriper avec une faux. Vous rendez-vous compte ?

— C'est vous qui avez prévenu la police, madame England ?

— En effet, inspecteur ; à certains moments, il faut agir. J'ai été droguée d'une manière scandaleuse ! Quand je me suis réveillée, j'ai secoué tout le monde, puis je suis sortie dans le hall. Je me suis heurtée à Jasper Dean qui vacillait, et j'ai vu ce malheureux Christopher couché par terre, assommé. Je l'ai relevé et j'ai appelé Scotland Yard. Un instant...

Sue England s'empara d'une sonnette, qu'elle agita énergiquement.

Apparut le domestique lourdaud.

— Je vous ai commandé du thé et du gâteau. De qui vous moquez-vous ? Dépêchez-vous !

Le colosse s'exécuta avec promptitude. Sue England remplit la tasse de Higgins de thé fumant.

— C'est un gâteau de mon invention, inspecteur. Le cercle gourmet de Piccadilly l'a élu « meilleure recette de pâtisserie de l'année ».

La chance servait Higgins ; près de lui, à sa gauche, une plante en pot. Il pourrait y verser le contenu de sa tasse avec discrétion.

— Et vous, monsieur England ? Vos souvenirs ?

— Quelle tragédie, inspecteur. Mon témoignage, malheureusement, ne vous sera d'aucune utilité. J'ai bu le sherry, je me suis endormi et me suis réveillé au petit matin. Francis ne méritait pas une fin aussi horrible… C'était un homme généreux, très fin, doté d'un tact à toute épreuve, toujours prêt à répondre aux sollicitations de ses amis. Un être d'exception.

— M. Dean m'a confié qu'il avait réparé la lance que tenait Athéna. L'avez-vous vu la rapporter ?

— Jasper avait un paquet, précisa Sue England. C'était bien la lance ; il l'a replacée lui-même dans la main de la statue.

— Sans commentaires ?

— Sans commentaires.

— 11 —

Higgins dégusta un morceau de pudding à la crème de concombre qu'il jugea un peu lourd.

— Vous dirigez une entreprise de transport, monsieur England ?

— Exactement, inspecteur ! Désirez-vous voir une photo de mon usine ?

Reginald-John England sortit son portefeuille qui contenait des clichés de son usine et de sa Rolls grenat. Higgins fut contraint d'admirer les bureaux, les quais et les entrepôts pris sous tous les angles.

— L'entreprise, c'est l'homme, expliqua-t-il ; la vie c'est le mouvement. Moi, inspecteur, je me suis fait tout seul ! J'ai conduit des camions, et quand je donne des ordres à mes gars, je sais de quoi je parle.

— Tu as eu le bonheur de me rencontrer, Reginald-John, rappela Sue England. Mon père était le fondateur et le premier propriétaire de l'entreprise, et sa fortune t'a été utile pour la développer.

Souriante, elle tourna la tête vers Higgins.

— Nous travaillons ensemble, inspecteur, et nous avons fondé dix sociétés commerciales. Reginald-John en préside cinq, moi cinq. L'égalité entre hommes et femmes est essentielle, n'est-ce pas ?

Reginald-John England, énervé, utilisa une allumette en guise de cure-dents ; Higgins remarqua qu'il avait de minuscules dents reliées entre elles par un fil d'argent.

— Je n'ai pas de conseils à vous donner, inspecteur, mais à votre place, je saurais mener mon enquête.

Higgins considéra le transporteur avec attention.

— Si vous connaissez le nom de l'assassin, nous gagnerons beaucoup de temps.

Le ton et l'attitude de Reginald-John England changèrent brutalement ; le chef d'entreprise devint autoritaire et cassant.

— Ce genre de plaisanterie ne m'amuse pas du tout, et votre style me déplaît. Ma porte vous est ouverte.

Sue England se leva.

— Nous allons plutôt ouvrir la fenêtre, j'ai trop chaud. Quant à vous, mon ami, recouvrez votre calme ; on ne traite pas de cette manière un enquêteur de Scotland Yard. Ce n'est pas l'un de vos employés.

L'épouse du transporteur inspira une bouffée d'air frais.

— Reginald-John et moi ne supportons pas la chaleur. Bientôt, nous partons pour l'Autriche. Pendant quinze jours, nous descendrons les pentes les plus difficiles. Si j'en avais eu le loisir, je serais devenue une très grande skieuse. Reprenez donc un peu de gâteau, inspecteur.

Sue England parlait fort.

— Sois prudente, recommanda Reginald-John. Tu risques d'attraper une bronchite.

Sue England adressa un regard glacial à son mari.

— Au lieu de proférer des âneries, révèle ta fameuse hypothèse à l'inspecteur.

Après s'être de nouveau curé les dents, le transporteur obéit à sa femme.

— Eh bien, commença-t-il, j'ai acquis la certitude que...

Reginald-John England fut interrompu par un violent éternuement. Il utilisa un mouchoir à ses initiales.

— Ce n'est rien, commenta Sue England ; quand je souffre d'un rhume, c'est un vrai cataclysme ! Notre hypothèse, inspecteur, c'est l'intervention d'un voleur. Aucun d'entre nous ne peut être mis en cause. Nos amis Elope sont des gens d'une moralité exemplaire ; les Dean jouissent d'une parfaite considération ; quant aux Jenssens, ils ont rendu tant de services à l'Angleterre qu'ils sont au-dessus de tout soupçon.

Un petit garçon d'une dizaine d'années fit irruption dans le salon, brandissant un pistolet.

— Pan ! Pan ! hurla-t-il en visant Higgins. Tu es mort !

Reginald-John England, furieux, gifla l'enfant.

— Sale garnement ! Je t'ai interdit cent fois de nous déranger. Retourne immédiatement dans ta chambre !

Pleurant à chaudes larmes, le petit battit en retraite.

Higgins ramassa le pistolet abandonné et le posa sur la table basse.

— Il ne faut jamais laisser traîner une arme, recommanda-t-il, même lorsqu'elle paraît inoffensive.

Sue England offrit son plus beau sourire à l'ex-inspecteur-chef.

— Vous êtes d'une rare élégance pour un policier. Moi qui crée les patrons de mes robes et qui connais le monde de la couture sur le bout des ongles, j'aimerais que vous m'appreniez le nom de votre tailleur.

— Trouser's, dans Regent Street.

— Une vieille maison, très traditionnelle...

Des cris d'effroi, mêlés à des aboiements, provinrent de la salle à manger.

— Encore cet abruti de chien ! s'irrita Reginald-John. Quelqu'un a dû le détacher... Je m'en occupe !

England bondit vers le lieu du drame.

— Mon mari a choisi chez l'éleveur un chien-loup un peu fou, expliqua Sue England. Dès que nous le détachons, il mord les autres chiens et les enfants.

La femme du transporteur regarda sa montre ornée de diamants.

— J'avais oublié l'heure ! Reginald-John part pour une soirée avec des membres du Rotary dans une demi-heure. Demain, c'est le rallye ! Avec sa passion des voitures, Reginald-John est le favori du Rotary.

Higgins se leva. Par bonheur, Sue England n'avait pas remarqué que la tasse de l'ex-inspecteur-chef était toujours pleine.

— Une dernière question : que pensez-vous de Christopher, le secrétaire particulier de sir Francis Branir ?

Sue England sembla surprise.

— C'est un domestique. Reginald-John dit qu'il est très compétent. Un domestique… Voilà tout.

— Merci pour votre accueil, madame England.

Dans le hall, Higgins croisa Reginald-John England qui tenait en laisse un chien-loup fort agité.

— Ravi d'avoir fait votre connaissance, inspecteur. Peut-être nous reverrons-nous lors d'une fête de charité de la police. Je suis un des donateurs les plus généreux.

— Voyez-vous souvent les amis qui étaient présents au club Tradition pendant cette soirée tragique ?

— Je rencontre assez fréquemment Freddy Elope, Ernie Jenssens et Jasper Dean. Nous dînons et parlons de choses et d'autres. Nos femmes sortent ensemble, vont au théâtre ou au concert. Voilà bien longtemps que nous nous fréquentons. Ce n'est pas un crime.

— Pas encore, monsieur England, pas encore.

— 12 —

Soho sous la pluie, un dimanche d'hiver, n'avait rien de particulièrement attrayant. Le Cambridge Theatre n'offrait que des pièces misérables et la Cambridge School, loin de mériter sa noble appellation, n'était qu'un immeuble de brique rouge noircie par les gaz d'échappement des automobiles. Les magasins vendant du vin et des spiritueux semblaient fermés, mais certains abritaient l'industrie des bookmakers qui ignoraient les week-ends. Dans Old Compton Street, une maison de jeu ouvrait ses portes à qui connaissait le mot de passe. Janus, magasin réputé à la vitrine fumée, proposait aux déséquilibrés de tout poil les instruments nécessaires pour satisfaire leurs pulsions.

Poland Street n'égayait pas le quartier. La maison des Jenssens était un pub réaménagé par ses nouveaux propriétaires. De la brique et du bois, une porte d'entrée protégée par un auvent que soutenaient deux colonnettes sans grâce, une fenêtre à guillotine sur laquelle était collée une affiche vantant les mérites de la bière brune, une grosse lanterne... Curieux ensemble surmonté de deux étages sans originalité.

Higgins s'essuya les pieds sur un épais paillasson et sonna.

La porte s'entrebâilla.

— Qui est-ce ?

— Scotland Yard. J'aimerais voir M. Jenssens et son épouse.

— Pour quelle raison ?

— Le meurtre de sir Francis Branir.

— Seigneur Dieu, encore cette horreur ! Restez là, je vais chercher mon mari.

Les éclats d'une dispute parvinrent aux oreilles de Higgins. Des insultes fusèrent, parmi lesquelles revenaient le plus souvent les mots de « folle » et d'« hypocrite ». La tempête se calma et la porte s'ouvrit sur un vieillard aux cheveux blancs, au teint rougeaud. Sur ses joues, de nombreuses veinules avaient éclaté, laissant parfois des marques violettes.

— Ernie Jenssens, chirurgien militaire en retraite.

— Inspecteur Higgins.

— Entrez. Veuillez excuser ma femme. Elle est nerveuse. Ce drame l'a profondément marquée.

Ernie Jenssens avait la parole embarrassée ; les mots se bousculaient dans sa bouche, formant des phrases heurtées, parfois difficiles à comprendre. Higgins dut tendre l'oreille et se montrer attentif pour ne rien perdre de son discours.

La maison des Jenssens n'avait rien de banal ; un long couloir obscur desservait plusieurs pièces dont les portes étaient ouvertes. Au passage, Higgins aperçut une salle d'opération pourvue d'un important matériel et une salle de jeux où trônait une cible de fléchettes. Ernie Jenssens avançait lentement, en claudiquant.

— Une opération à la jambe… Des veines fragiles, expliqua-t-il. Que pensez-vous de mes collections ?

Ernie Jenssens éclaira des vitrines contenant quantité d'instruments chirurgicaux anciens et des statuettes de terre cuite appartenant à la culture zapotèque. Elles représentaient des hommes à tête de monstres, assis en tailleur, ouvrant une gueule béante. Entre leurs crocs menaçants passait une langue énorme.

— C'est beau, n'est-ce pas ? Je les ai achetées pendant un voyage au Mexique. Je n'étais que dentiste, à cette époque-là ; après, je suis devenu chirurgien. Une longue carrière au service de mon prochain. Aimez-vous les fléchettes ?

— Modérément, avoua Higgins.

— Vous avez tort. J'ai les plus belles collections de jeux de fléchettes ; c'est un sport excellent pour les nerfs.

Ernie Jenssens détacha de sa pochette une épingle avec laquelle il tapota l'angle d'une vitrine.

— Regardez ce monstre-là : on croirait qu'il va nous dévorer. Curieux, non ?

— Un art féroce, pour le moins.

— Comme la vie, inspecteur, observa le chirurgien, piquant l'épingle dans sa pochette. N'a-t-elle pas été cruelle avec Francis ? Mourir assassiné… Quoi de plus horrible ?

Le living-room des Jenssens était, lui, d'une banalité fort bourgeoise en regard du reste de l'appartement. Se tenait là une petite femme vêtue d'un tailleur marron, les mains crispées à la hauteur du nombril. Cheveux auburn, nez épaté, pommettes saillantes, elle guettait l'ex-inspecteur-chef comme un chasseur sa proie.

— Je vous présente mon épouse, Hanna, marmonna Ernie Jenssens ; ménagez-la. Comme moi, c'est une personne hypersensible. Asseyez-vous sur le canapé... Non, pas à gauche, c'est ma place... Au bout à droite, c'est ça.

Higgins obéit, observant un gros vase bleu contenant des fleurs artificielles et un plat décoré d'une représentation de la Sainte Famille.

— Mets-nous un peu de musique, Hanna... Ça te détendra les nerfs.

L'épouse du chirurgien, sans quitter Higgins des yeux, fit résonner les premières mesures de l'ouverture des *Maîtres chanteurs* de Wagner.

— Ma femme aime beaucoup la musique et va souvent au concert. Viens t'asseoir, ma chérie ; je suis certain que ce monsieur n'est pas un tortionnaire.

Hanna s'exécuta, non sans heurter au passage l'accoudoir d'un fauteuil.

— Tu devrais porter tes lunettes en permanence, rappela son mari ; ce n'est pas un crime d'être myope.

— Le monde est méchant, déclara-t-elle d'une petite voix aiguë. On ne se méfie jamais assez des gens.

— Tu exagères, Hanna ! Notre vieil ami Francis était la bonté même. Il ne nous a jamais nui.

Hanna Jenssens protesta.

— Il n'était pas toujours d'accord avec moi ! Une fois, il m'a laissée entendre qu'il n'appréciait pas Wagner ; une autre fois, il m'a conseillé de changer de couleur de robe. Comme si je ne savais pas ce qui me convient le mieux ! Sir Francis était gentil, mais n'avait ni goût ni délicatesse. Et je suis persuadée qu'il ne m'aimait pas beaucoup.

— Allons, Hanna ! Tu dis des bêtises. Francis était comme moi : il aimait tout le monde.

— Tout le monde peut-être, mais pas moi. Tu n'aurais pas dû aller si souvent dans ce club, où tu perdais ton temps.

— Voyons, Hanna ! C'était important de se rencontrer entre amis, de...

— Des amis, pfff ! siffla l'épouse du chirurgien, s'animant d'une passion inattendue. Jasper est gentil, mais il ne s'occupe pas assez de moi. Reginald-John ne s'intéresse qu'à ses camions et à ses grosses voitures ; il ne m'a pas adressé la parole depuis des mois. Heureusement, il y a mon amie Ruth ! Je passe de bonnes vacances avec elle, pendant que tu vas pêcher avec Jasper. Ce n'est pas comme cette prétentieuse de Sue England... Vous connaissez sa dernière lubie ? Elle se prend pour une architecte ! Elle a redessiné les plans de son hôtel particulier. Si vous voyiez sa salle à manger ! Une horreur tout en longueur et très étroite, aussi mal proportionnée que possible. Elle continue à se prendre pour une grande couturière et à souffrir des plus graves bronchites du monde !

Ernie Jenssens offrit à son épouse un verre de sirop de fraise.

— N'exagère pas, ma chérie ; Sue England n'est pas si méchante que ça et ne te veut aucun mal. Elle est un peu excessive, parfois, mais c'est une vraie amie.

Higgins prenait des notes.

— À quel moment êtes-vous arrivés au club le soir du crime ? demanda-t-il.

— Peu après vingt-trois heures, répondit Ernie Jenssens. Nous étions les derniers… Les Elope étaient arrivés les premiers, pour une fois ! Ça avait amusé les England.

— Jasper Dean ne portait-il pas un paquet ?

— On me l'a dit, mais je n'y ai pas prêté attention.

— Et vous, madame Jenssens ?

— Pfff… Comme si je m'occupais des affaires d'autrui ! Jasper apporte ce qu'il veut.

— Ignorez-vous, l'un et l'autre, de quelle manière sir Francis a été assassiné ?

— Je t'interdis d'évoquer ces horreurs, Ernie ! intervint sèchement Hanna Jenssens. Ce serait offenser le Seigneur.

Le chirurgien passa outre.

— Jasper nous a dit que Francis avait été poignardé. Il n'en sait pas davantage.

— 13 —

Hanna Jenssens s'était bouché les oreilles.

— Il faut pardonner à ma femme, inspecteur ; elle est tellement sensible ! Quelle horrible soirée... Nous devions fêter la réussite du club avec Francis et nos épouses, et voici que la mort a frappé de manière aveugle. Vous retrouverez l'assassin, n'est-ce pas ? Hélas ! Cela ne nous rendra pas Francis. J'étais si heureux en buvant cet excellent sherry... À peine avais-je terminé mon verre que je me suis assoupi. À mon réveil, j'ai tout de suite pensé à Hanna ; elle était encore endormie. C'est Jasper qui nous a appris le décès de Francis. La police nous a interrogés et fouillés. Ce furent des épreuves affreuses. À présent, nous ne pouvons qu'avoir des regrets.

— Non, Ernie, intervint de nouveau Hanna Jenssens, qui avait posé les mains à plat sur ses genoux. À présent, nous devons prier pour l'âme des trépassés. Le Mal rôde. Il est partout.

Higgins laissa s'écouler quelques secondes de silence.

— Vous et vos amis êtes membres fondateurs du club, n'est-ce pas ?

— En effet, répondit Ernie Jenssens ; du moins dans sa nouvelle formule, depuis que Francis en est devenu l'animateur et le propriétaire.

— Que va devenir Tradition ?

— Il continuera à vivre.

— Sous quelle responsabilité ?

— Nous autres, fondateurs, sommes les compagnons de route et les héritiers spirituels de Francis. Nous assumons l'intérim. Un homme comme Reginald-John England est tout à fait capable de présider aux destinées du club ; sa modestie lui interdit de se poser en candidat, mais je saurai le convaincre.

Entre la musique de Wagner et l'élocution pénible d'Ernie Jenssens, Higgins devait rester concentré, sous le regard soupçonneux de la femme du chirurgien.

— Le club avait-il des difficultés financières ?

— Pas du tout, inspecteur !

— Le secrétaire particulier de sir Francis semble avoir joué un rôle décisif dans l'essor de Tradition.

Les Jenssens eurent une même moue dégoûtée.

— Je n'apprécie pas ce garçon, déclara Hanna Jenssens. Il n'a aucune religion.

— Je ne voudrais pas être médisant, ajouta Ernie Jenssens, mais je me demande s'il n'est pas juif. Francis aurait dû être plus prudent dans ses choix. Enfin, le mal est fait. Ce Christopher est au courant de tout ; Francis lui avait confié l'essentiel de la gestion. Il est ambitieux et c'est un intrigant.

Higgins parla à voix basse.

— Soupçonneriez-vous Christopher… de meurtre ?

Le chirurgien porta la main droite à son cœur.

— Inspecteur ! Comment… Hanna, mes pilules !

Elle se précipita vers un buffet aux formes lourdes, non sans heurter au passage le même accoudoir de fauteuil, en ouvrit les portes, y préleva une boîte contenant des pilules pour le cœur et la présenta à son mari, qui en avala deux.

Higgins attendit patiemment que le chirurgien eût retrouvé une respiration normale. Hanna Jenssens lui avait posé sur le front un gant de toilette imbibé d'eau de Cologne.

— Ne me causez plus de pareilles émotions, inspecteur… Elles pourraient me faire mourir. Jamais je n'ai nui à autrui, jamais je n'ai eu une pensée désobligeante pour Christopher.

— Moi, je ne m'en prive pas, souligna Hanna Jenssens.

— N'auriez-vous pas remarqué un détail insolite pendant cette soirée ?

— Non, répondit Ernie Jenssens.

— Si, répondit son épouse. Ernie regardait de beaucoup trop près Sue England ; il a toujours été fasciné par les blondes.

— Hanna ! N'importune pas l'inspecteur ! Ce gant de toilette est sec. Va l'imprégner d'eau de Cologne !

— Pfff…

Prudente, elle chemina entre les meubles.

— Ici, c'est elle qui commande, murmura le chirurgien. Elle me fera payer cher mon excès d'humeur.

— Chacun son lot d'infortunes, constata Higgins en se levant ; merci de votre collaboration, monsieur Jenssens.

— Y aura-t-il… d'autres interrogatoires ?

— Pourquoi vous ennuierais-je de nouveau si vous ne m'avez rien caché ?

— C'est l'un des traits les plus marquants de mon caractère : la franchise. C'est comme lors d'une opération : il faut que les choses soient nettes. Ne jugez pas mal ma pauvre épouse : elle est tellement sensible !

*

* *

L'air parut exquis à l'ex-inspecteur-chef. Une petite voix lui susurrait qu'il fallait aller vite, très vite, pour résoudre cette énigme. D'ici quelques jours, les témoins du drame se disperseraient, emportant sans doute avec eux la clé du mystère. L'un d'eux avait forcément noté un détail, même de manière inconsciente, qui conduirait peut-être sur la bonne piste.

C'est en hélant un nouveau taxi pour se rendre chez les Elope que l'ex-inspecteur-chef subit le premier assaut de la grippe londonienne. Un frisson lui parcourut le dos, sa respiration se fit plus courte.

L'inévitable se produisit.

Il éternua.

Sans perdre son sang-froid, Higgins absorba des granules d'*Influenzinum* de chez Nelson's qui, chaque année, modifiait le produit en fonction des invasions microbiennes venant d'Asie ou d'Afrique. Chaque fois qu'il quittait le Gloucestershire pour la capitale, l'ex-inspecteur-chef était victime de la pollution.

Mais il devait continuer à rassembler les pièces d'un puzzle dont il ignorait encore le motif.

— 14 —

Kensington Church Street était un paradis pour les amateurs de vieilles horloges, d'armes de collection ou de cartes anciennes. Les Elope habitaient un immeuble banal jouxtant le fameux Children's Book Centre, qui se vantait de posséder la totalité des livres pour enfants. Higgins passa devant sa façade peu esthétique et monta à pied jusqu'au troisième étage. L'effort était un moyen essentiel pour lutter contre la grippe.

Ce fut un petit homme moustachu, les épaules étroites, une cigarette aux lèvres, qui lui ouvrit la porte.

— Freddy Elope, je présume ? Higgins, Scotland Yard. Puis-je entrer, malgré l'heure tardive ?

— Je vous en prie ! répondit une voix grave de femme, plutôt joyeuse.

Freddy Elope s'effaça. Une petite brune, vêtue avec simplicité, serra la main de l'ex-inspecteur-chef ; elle aussi avait la cigarette aux lèvres.

— Je suis Eleonora Elope. Vous tombez bien, inspecteur ! J'ai préparé un cake à l'anis et des muffins ;

arrosés d'un ginger ale ou d'un gin et vermouth, ils devraient être délicieux. Asseyez-vous, je vous sers.

Le living-room des Elope, imprégné de l'odeur du tabac, était éclairé de deux fenêtres au sommet arrondi. Devant une cheminée en marbre blanc, deux fauteuils rouges. Derrière l'un d'eux, une plante verte grimpant jusqu'au plafond. Un peu plus loin, une table basse et un canapé à trois places, également de couleur rouge. Le parquet était en partie couvert d'un tapis aux motifs floraux. Dans un angle de la pièce, un bureau et un fauteuil garni de cuir vert. Aux murs, quatre tableaux du XIXe siècle évoquant les saisons.

Eleonora Elope alluma une cigarette à celle qu'elle avait déjà entre les lèvres. Elle tendit le paquet à son mari.

— Vous venez nous interroger sur l'assassinat de sir Francis. Quelle horrible tragédie ! Je n'en suis pas encore remise ; Freddy et moi nous faisions une joie de participer à cette fête en l'honneur du club.

Higgins dégusta un muffin, déclenchant un sourire de satisfaction chez son hôtesse.

— Jeudi soir, raconta-t-elle, nous avons été drogués ; pourtant, le sherry n'avait aucun goût particulier. Et nos maris avaient l'habitude d'en boire lors de leurs réunions au club. C'est la vérité, chéri ?

Freddy Elope, qui regardait la cheminée, opina du chef.

— J'ai eu sommeil aussitôt après avoir bu, poursuivit Eleonora Elope de son étrange voix rauque, sans doute due à l'abus de tabac. Freddy aussi. Je l'ai pris par la main et nous nous sommes affalés ensemble, incapables de réagir. Après, le trou noir. Quand je me suis réveillée, j'ai vu Jasper Dean vaciller ; sans y voir clair, j'ai réussi à le soutenir. Il est quand même tombé... dans un fauteuil ! Je l'ai giflé doucement, il est revenu à lui. Je ne savais plus où je me trouvais... J'ai fait quelques pas dans le hall, et là, j'ai crié en voyant le corps inerte de Christopher ! Les autres se sont manifestés. Jasper, réussissant à peine à parler, nous a demandé de ne pas entrer dans le salon de musique. On a appelé Scotland Yard, la police est arrivée, on nous a appris que sir Francis avait été assassiné. Je n'ai rien oublié, Freddy ?

Freddy Elope secoua la tête de gauche à droite.

— Connaissez-vous les circonstances exactes du crime ? interrogea Higgins.

— Jasper a laissé entendre que sir Francis avait été poignardé.

— M. Dean n'avait-il pas apporté un paquet ?

Eleonora Elope réfléchit.

— Ah oui ! Il contenait la lance de la statue d'Athéna. Il était heureux d'avoir pu la réparer et l'a replacée lui-même dans la main de la déesse. Mais alors...

Épouvantée, Eleonora Elope porta les deux mains à sa bouche.

— Mais alors... Vous voulez dire que Jasper...

— Pas de conclusions hâtives, recommanda Higgins ; je recueille des témoignages.

Très émue, Eleonora Elope écrasa sa cigarette et en alluma une autre.

— Qui a appelé la police ?

— Reginald-John England... Ou son épouse... Oui, c'est bien Sue.

— Pourquoi en êtes-vous si sûre, madame Elope ?

— Parce que Reginald-John a éternué. Le bruit a réveillé Freddy, je m'en souviens ; Sue était au téléphone à ce moment-là. De toute manière, ce ne pouvait être qu'elle.

— Pourquoi donc ?

— J'ai été pendant plusieurs années la secrétaire de Sue England, révéla Eleonora Elope, et ce n'était pas tous les jours le paradis. Elle criait si fort que les fenêtres du bureau en tremblaient. Son ambition est sans limites ; ou plutôt non... Eleonora n'a qu'une ambition, majeure : rivaliser avec son mari. Tout ce qu'il fait, elle le fait aussi. Il est M. le président, elle est Mme la présidente. Ce sont peut-être les circonstances de l'accouchement qui expliquent son caractère ; elle est née avant terme, pas tout à fait terminée. Sue a toujours prétendu être la première, en savoir plus que tout le monde à n'importe quel sujet. Quand elle a échoué à un concours pour devenir professeure, à Oxford, ses proches ont redouté le pire. Le vrai patron des transports England, c'est elle ; elle décide, Reginald-John exécute. Il est parfait pour vendre les services de l'entreprise au cours des déjeuners d'affaires, pendant que Sue s'occupe des finances. Elle a une énergie fabuleuse... Mais craque de temps en temps. J'étais là pour payer les pots cassés en attendant qu'elle revienne au bureau.

— Pourquoi avez-vous quitté votre poste de secrétaire ?

— J'étais épuisée, inspecteur ; Sue vous vide de votre énergie. C'est un incident idiot qui m'a décidée. L'été dernier, Freddy et moi avions été invités dans la maison de campagne des England, au sud de Londres. Nous avions déjeuné sur leur terrasse ; après le café, j'ai eu envie de me promener dans le jardin et je me suis arrêtée devant une rangée de framboisiers. À l'instant précis où je cueillais une framboise, Reginald-John a couru vers moi et m'a violemment sermonnée, m'accusant de détruire son domaine et de le piller. Sue n'a pas pris ma défense… Elle était assommée par la chaleur, mais quand même ! J'ai été très déçue !

— Vous êtes donc en froid avec les England ?

— Pas du tout ! La semaine prochaine, nous partons skier avec eux. Freddy a besoin de vacances et s'entend bien avec Reginald-John. Quand il n'est pas en famille pour y jouer le rôle du patriarche que tous doivent vénérer, ce dernier essaye de se montrer agréable avec ses amis ; moi, je ferai contre mauvaise fortune bon cœur. J'ai l'habitude. Un peu de gâteau ?

— Merci, non. Il est excellent.

Sans l'odeur de tabac qui agressait ses narines, Higgins aurait jugé plutôt douillet l'intérieur des Elope.

— Admiriez-vous sir Francis, madame Elope ?

— Il était admirable, inspecteur. Un homme formidable.

— Et vous, monsieur Elope ?

Freddy Elope hocha la tête d'avant en arrière.

— Êtes-vous aussi liés avec les Dean et les Jenssens ?

— Freddy connaît très bien Jasper et Ernie ; avec Reginald-John, ils se fréquentent au club depuis de nombreuses années. Ils en sont les membres fondateurs depuis que sir Francis l'a repris en main pour en faire l'un des hauts lieux de la bonne société londonienne. Quant à moi, je suis surtout l'amie de Sue England ; Ruth et Hanna sont plus âgées que nous et sortent volontiers ensemble. Ruth est une personne distinguée, d'un abord assez difficile ; Hanna a ses passions et ses lubies.

Freddy Elope se leva pour mettre une bûche dans l'âtre.

— Vous n'avez pas d'enfants, madame ?

Eleonora Elope se troubla, jeta sa cigarette à demi consumée et en alluma une autre.

— Non... Non, je n'ai pas d'enfants. Je n'ai pas eu cette chance.

— Et vos amis ?

— Les Dean et les Jenssens ont eu respectivement un garçon et une fille, qui sont mariés aujourd'hui et font carrière à l'étranger. Les England ont un jeune fils de douze ans, Andrew, qui fascine Reginald-John. Andrew est né coiffé et jouira d'un gros héritage. Même si l'argent ne fait pas le bonheur, il y contribue beaucoup.

La gaieté naturelle d'Eleonora Elope s'était estompée.

— Monsieur Elope, questionna Higgins, vous exercez bien la profession de chimiste ?

— Oui.

— Dans une entreprise internationale ?

— Oui.

— Avez-vous un témoignage particulier à me fournir sur le drame ?

— Non.

— Que pensez-vous de Christopher ?

— Rien.

— Et vous, madame ?

— Un charmant garçon. Chacun s'accorde à reconnaître ses compétences ; il ne sort presque jamais du club, tant il travaille. Sir Francis l'avait bien choisi.

— Vos muffins sont remarquables, madame Elope ; je ne crois pas en avoir jamais dégusté de meilleurs. Êtes-vous bien arrivés au club les premiers ?

— Oui, inspecteur ; nous étions en avance pour une fois. Les Dean et les England nous ont suivis de peu. Les Jenssens étaient les derniers.

Higgins se leva, Eleonora Elope l'imita. Son mari demeura assis, contemplant la cheminée.

— Je crains de ne pas vous avoir été très utile, inspecteur. Je vous raccompagne.

Juste avant de franchir le seuil, Higgins posa une dernière question à l'épouse du chimiste.

— Votre mari est-il toujours aussi peu loquace ?

— Peu loquace ? Je ne comprends pas ce que vous voulez dire.

— C'est sans importance. Passez une bonne soirée.

*

* *

Higgins avait accumulé quantité d'informations... sans fil conducteur. Il avait le sentiment d'avoir été manipulé, conduit dans une certaine direction pour aboutir à certains résultats.

L'ex-inspecteur-chef n'était pas au terme de son marathon dominical. Après avoir marché quelques minutes dans Kensington Road, il héla un nouveau taxi afin de retourner dans le quartier de Mayfair. Pour progresser, il avait une tâche urgente à accomplir.

La figure de sir Francis Branir l'intéressait de plus en plus. Le propriétaire du club Tradition était admiré de tous, à l'exception de Hanna Jenssens, dont les critiques demeuraient superficielles. Et pourtant, cet homme adulé, aux qualités reconnues par des individus très divers, avait été victime d'une haine féroce, ce dont témoignait la brutalité de sa mort.

Pourquoi l'avait-on tué ? Higgins n'avait pas encore le moindre élément de réponse. S'il s'agissait d'un voleur, comme semblait le suggérer le désordre du salon de musique, pourquoi s'était-il comporté avec autant de sauvagerie ?

L'ex-inspecteur-chef se fit déposer au 181 Piccadilly, devant Fortnum & Mason, fournisseur de Sa Majesté, qui célébrait une nocturne annoncée par le *Times*. Au rez-de-chaussée, il fut accueilli par un vendeur en jaquette et pantalon rayé.

— Heureux de votre visite, monsieur. Puis-je vous aider ?

Higgins vit avec satisfaction que l'épicerie fine était toujours aussi bien approvisionnée. Les produits les plus exquis et les plus raffinés, du whisky pur malt aux fruits exotiques confits, étaient présentés dans des corbeilles en osier sous la lumière délicate de lustres en cristal.

— Je voudrais un thé exceptionnel, répondit Higgins.

— 15 —

Quand la clocharde de Bloomsbury vit se diriger vers elle l'inspecteur récemment rencontré, elle regretta de lui avoir adressé la parole. Se lier avec un type comme ça, c'était forcément accumuler des nuages au-dessus de sa tête. Pour paraître décontractée, elle entonna une vieille chanson paillarde avec un accent des faubourgs. Ce genre de musique devrait faire fuir l'homme du Yard.

Higgins résista à une kyrielle de notes forcées, saupoudrées d'une assez exceptionnelle vulgarité de langage. Les pires choses ayant une fin, la clocharde s'essouffla. Le silence revenu dans Bloomsbury, qu'occultait une averse de neige fondue, l'ex-inspecteur-chef offrit à son interlocutrice un paquet rectangulaire enveloppé dans un papier doré.

— Voici ce que je vous avais promis, chère madame. Du Darjeeling extra, récolté au pied de l'Himalaya. Parmi les connaisseurs, certains prétendent qu'il s'agit du meilleur thé du monde.

Les yeux de la clocharde parurent sur le point de sortir de leurs orbites. L'une de ses mains jaillit de l'enchevêtrement des chiffons et agrippa le paquet. Elle serra le Darjeeling sur son cœur.

— C'est pas vrai... C'est pas possible...

— J'ai rencontré les quatre couples que vous avez vus entrer au club le soir du crime, vous les avez parfaitement décrits.

— Je ne suis pas n'importe qui, inspecteur ! Je n'appartiens pas à la haute, mais je sais voir ; si tout le monde avait bon pied bon œil comme moi, il y aurait moins de misère sur cette damnée terre.

— Pendant la journée qui a précédé le crime, avez-vous vu quelqu'un s'introduire, d'une façon ou d'une autre, dans les locaux du club Tradition ?

— Pas besoin de réfléchir, inspecteur ; c'est non. Je n'ai pas quitté mon poste une seconde ce jour-là. Trop de travail pour coudre mes chiffons.

De l'endroit où elle était placée, la clocharde, à supposer qu'elle fût attentive, ne pouvait manquer le moindre visiteur. Il restait cependant une possibilité.

— Sur le flanc gauche de l'hôtel particulier, il y a une minuscule ruelle.

— Ne vous fatiguez pas, inspecteur ! Vous voulez savoir s'il faut mettre le crime sur le dos d'un voleur ? Laissez tomber. À part les gens que j'ai décrits, personne n'est entré. Le mauvais coup du rôdeur, ça ne tient pas... Ou alors, le coupable est l'homme invisible !

— Allez savoir, dit Higgins, pensif. Votre témoignage a été précieux.

— Pas autant que votre thé. Je n'oublierai pas.

— Que le sort vous soit favorable, souhaita l'ex-inspecteur-chef en s'éloignant.

*

* *

— Rien de rien, Higgins, fulmina Scott Marlow, nous n'avons rien trouvé ! Pas un indice, pas une piste, pas la moindre petite chose qui pourrait nous offrir une piste sérieuse.

Le superintendant s'affala dans un fauteuil de la bibliothèque du club.

— Le cabinet du Premier ministre m'a appelé, révéla-t-il. Rien d'officiel, bien entendu. On exige de moi des résultats rapides et indiscutables. La disparition de sir Francis Branir est une sorte de catastrophe nationale, Scotland Yard n'a pas le droit d'échouer. Je crains que l'hypothèse du rôdeur ne soit pas suffisante.

Un bobby entra, porteur d'un pli qu'il remit à Scott Marlow.

— De la part du laboratoire, superintendant. Confidentiel et urgent.

Scott Marlow le décacheta avec impatience. Sa lecture l'emplit de joie.

— Le labo a obtenu un résultat.

— Grâce à l'arme du crime ?

— Des empreintes : celles de Jasper Dean. Et rien que celles-là...

— Je ne voudrais pas vous décevoir, superintendant, mais ce n'est pas anormal ; d'après les témoignages des autres invités, c'est lui qui a réparé la lance d'Athéna. Il l'a rapportée le soir même du crime sans faire mystère de son travail.

— Beaucoup de coïncidences ! C'est Jasper Dean qui aiguise l'arme du crime, c'est lui qui l'apporte au club, c'est lui qui pénètre le premier sur le lieu du meurtre, c'est lui qui ôte la lance plantée dans le dos du cadavre… Un naïf, un malchanceux ou un assassin d'une habileté diabolique ? En tout cas, nous tenons un suspect !

— Le mieux est d'en discuter devant un bon repas ; je vous invite à dîner. Vu l'heure, un établissement sérieux s'impose.

— 16 —

C'est un Scott Marlow tout ragaillardi qui, au côté de Higgins, pénétra dans la salle à manger du Ritz ; non loin de St. James's Palace, il demeurait l'un des cadres les plus chics de la capitale, résistant au progrès et à la barbarie pour conserver les traditions.

Un maître d'hôtel en smoking s'avança vers les deux policiers.

— Inspecteur Higgins... Quel plaisir de vous revoir ! Vous vous faites rare ces temps-ci.

— Trop d'occupations, mon cher James ; j'ai le plaisir de vous présenter le superintendant Marlow.

— Heureux de vous accueillir parmi nous, superintendant. Désirez-vous une table près de la fontaine ou derrière la grande glace ?

Higgins glissa quelques mots à l'oreille de James.

— Ce sera difficile. Mais pour vous, inspecteur... Pourriez-vous patienter quelques instants ? Je vous fais servir du champagne et des canapés au saumon.

Le maître d'hôtel appela discrètement un serveur, qui installa les policiers à une table recouverte d'une nappe rose.

Un léger sourire aux lèvres, James revint à l'instant où Marlow finissait sa coupe de champagne.

— C'est arrangé, inspecteur. Si vous voulez me suivre...

— Vous êtes un homme d'exception, James. C'est grâce à des professionnels de votre qualité que l'Angleterre survivra.

Après s'être légèrement courbé, le maître d'hôtel conduisit ses hôtes jusqu'à un salon particulier donnant sur un jardin intérieur, sorte de miniature persane arrachée au passé ; dans un angle, une fontaine dorée. Les murs étaient recouverts de velours rose, et des lambris dorés, en forme de palme, faisaient chatoyer le plafond.

— C'est magnifique, dit Scott Marlow, hésitant à s'asseoir dans un fauteuil Louis XV au galbe parfait.

— Ce salon a une particularité inestimable, révéla Higgins. Sa Majesté l'a parfois honoré de sa présence. On nous servira un peu de caviar, du saumon et du turbot. Cela vous convient-il ?

Scott Marlow croyait rêver ; dîner ici, s'asseoir sur un siège où s'était assise Sa Majesté, humer l'air qu'elle avait respiré ! Une ivresse quasi mystique s'emparait du superintendant. À travers la personne de la reine, à travers sa beauté fascinante et son autorité innée, c'était l'Angleterre éternelle qui se profilait. Quel que fût le résultat de l'enquête, quel que fût son sort, Scott Marlow aurait vécu un moment de félicité.

— Il y a eu vol, il y a eu crime, rappela Higgins ; mais comment expliquer qu'un voleur haïsse un homme au point de lui infliger de pareilles blessures ?

Scott Marlow fut brutalement rappelé à une dure réalité.

— Jasper Dean est un suspect de premier plan, mais je n'oublie pas le vol ; tout s'expliquerait si Dean et ce voleur étaient de mèche. Il y avait quelque chose d'essentiel à dérober dans ce club... Des comptes, des dossiers, que sais-je ! Dean et son complice avaient tout combiné. Dean sortait le document, le lui donnait et restait en compagnie des autres invités. Ni vu ni connu ! Mais sir Francis Branir les a surpris ; il l'a payé de sa vie.

— Votre hypothèse est très intéressante, admit Higgins ; s'il n'y avait pas le salon de musique...

Marlow vida une coupe de champagne et goûta à un caviar d'un grain très fin.

— Jasper Dean est venu voir sir Francis sans que les autres invités le sachent et l'a sommé de lui remettre le document. Ils se sont disputés... Non, ce n'est pas possible, puisque sir Francis a été poignardé dans le dos. Je reprends : Jasper Dean croyait trouver vide le salon de musique. Il voit le propriétaire du club installé à son piano, lui ordonne de lui remettre le document. Ils se querellent... Non, ce n'est pas possible, même objection. Je reprends : Jasper Dean croyait trouver vide le salon de musique. Il voit le propriétaire du club à son piano, il prend peur, il frappe.

— Impossible.

— Impossible, admit Scott Marlow ; s'il avait la lance en main, c'était pour tuer. Il y a donc eu meurtre prémédité. Il faut revenir à Jasper Dean. Et nous avons une preuve : ses empreintes.

— Méfions-nous de ce genre de preuve.

Marlow dégusta un toast nappé de caviar.

— Croyez-vous vraiment à l'innocence de ce fabricant d'armes ? Nous avons l'arme du crime et des empreintes. Que demander de plus ?

— Le document.

— Quel document ?

— Celui à cause duquel Jasper Dean serait devenu un assassin.

— Le voleur l'aurait-il emporté ?

— Si toute notre argumentation doit être fondée sur lui, il est indispensable de le retrouver.

— Mieux vaudrait d'abord arrêter Dean, puis le faire parler. Nous mettrions fin aux rumeurs et donnerions satisfaction à la Couronne.

— Je n'en suis pas si sûr, objecta Higgins ; nous risquons de briser un fil essentiel. Que pensez-vous des autres invités ?

— De drôles de corps ! Ruth Dean est froide comme un glaçon, Ernie Jenssens incompréhensible. Sa femme me paraît aussi folle que redoutable. Eleonora Elope est la seule joyeuse de toute la bande. Son mari ne prononce presque pas un mot. Reginald-John est le prototype du grand bourgeois, sa femme est épuisante. Et quelle énergie… Elle en savait plus que moi sur Scotland Yard !

— Aucun d'entre eux ne s'est révolté pendant la fouille ?

— Révolté… Non. Mais ils ont protesté ! Sue England a calmé tout le monde en rappelant qu'elle avait subi des outrages bien plus sévères lors de certains passages de frontières. Son mari a exigé que son costume ne fût pas froissé. Eleonora Elope a ri, expliquant qu'elle était chatouilleuse. Freddy Elope est demeuré sans réaction. Ernie Jenssens a grommelé. Sa femme a imploré le Seigneur, se demandant pourquoi une telle calamité s'abattait sur elle. Les Dean n'ont eu aucune réaction particulière.

Au turbot succéda une charlotte aux poires d'une exceptionnelle finesse.

— Avant de prendre une décision concernant Jasper Dean, suggéra l'ex-inspecteur-chef, pourriez-vous m'accorder quarante-huit heures ?

Le superintendant hésita.

— Il faudra faire patienter la hiérarchie.

— Nous sommes dimanche soir ; mardi, à minuit, j'aurai contraint le coupable à avouer ou je renoncerai.

Scott Marlow fut surpris par la détermination de Higgins ; il était rare que l'ex-inspecteur-chef fût aussi péremptoire.

*

* *

Higgins marchait vers le club Tradition.

— Alors, inspecteur, on piétine ?

La voix grasseyante de la clocharde s'élevait d'un amas de chiffons qui avait augmenté au point de recouvrir entièrement sa tête.

— On piétine, reconnut Higgins. J'aimerais vous poser une question indiscrète.

— Pourquoi pas ?

— Où avez-vous appris l'air de la cantate que vous chantiez naguère ?

— La chose gaie et rapide ?

— Exactement.

— Cet automne, sir Francis l'a jouée au piano une bonne dizaine de fois, la fenêtre ouverte. J'ai l'oreille musicale, moi... Et une mémoire d'éléphant.

— Ne connaîtriez-vous pas le nom de l'assassin, par hasard ?

La tête de la clocharde sortit des chiffons, telle celle d'une tortue émergeant de sa carapace.

— Faites bien attention à vous, inspecteur. Tout ça sent mauvais.

— 17 —

Accompagné d'un policier en uniforme, Christopher ouvrit à Higgins la porte du club Tradition. Le secrétaire particulier de feu sir Francis Branir conservait une impassibilité polie comme si les événements n'avaient pas de prise sur lui.

— Rien à signaler ? demanda Higgins.

— Rien, inspecteur. Puis-je vous offrir un verre de vieux sherry ?

— Volontiers, à condition qu'il ne soit pas drogué.

— Je le goûterai moi-même en premier.

Les deux hommes entrèrent dans la bibliothèque gardée par un autre policier. Pendant que Higgins prenait place dans un fauteuil au dossier droit, Christopher tint ses engagements. Il but une gorgée du vieux sherry.

Le secrétaire particulier attisa le feu ; il régnait dans la bibliothèque une agréable chaleur.

— Je suppose, dit Higgins, que vous notiez les rendez-vous de sir Francis sur un agenda.

Christopher rangea le tisonnier.

— En effet.

— Pourriez-vous me le montrer ?

Le secrétaire particulier regimba.

— C'est un document confidentiel…

— Si vous entravez l'enquête, vous risquez de graves ennuis.

D'une main qui ne tremblait pas, Christopher fit pivoter un panneau de la bibliothèque, mettant au jour un petit coffre mural. Il utilisa une combinaison simple pour l'ouvrir ; à l'intérieur, un carnet oblong à la couverture de cuir rouge.

— Voici, inspecteur.

Higgins, sans se presser, feuilleta le précieux agenda, s'attardant plus particulièrement sur le mois précédant l'assassinat de sir Francis. Le propriétaire de Tradition avait un emploi du temps chargé : les noms les plus illustres y figuraient. L'un d'eux était encadré de rouge : Johnson Tanor. Le rendez-vous avait eu lieu trois jours avant le soir tragique.

— Connaissez-vous ce Johnson Tanor ?

— Oui et non, répondit Christopher. Ce n'est pas un membre du club ; je l'ai vu une seule fois, ce jour-là.

— Profession ?

— Banquier.

— Pour quelle raison sir Francis l'a-t-il reçu ?

— Je l'ignore. Mais il y a un détail troublant…

— Lequel ?

Christopher tâta son pansement ; sa nuque le faisait souffrir.

— Sir Francis était un homme d'une humeur perpétuellement égale. Jusqu'à ce jour-là, je ne l'avais jamais vu en colère ; il est sorti furieux du salon de musique où il recevait cet hôte et a bu un whisky sec.

— Vous a-t-il confié les raisons de sa colère ?

— Non ; il a prononcé des mots comme « incroyable », « jamais », « ce monde est insensé »... Sans préciser sur quel sujet portait son mécontentement.

Higgins lissa sa moustache poivre et sel, se leva et décrocha le combiné d'un téléphone de style ancien trônant sur une console en marbre. Il composa le numéro personnel de son ami Watson B. Petticott, tête pensante de la Banque d'Angleterre. Rien de ce qui se passait dans le monde de la finance ne lui était étranger. Camarade de collège de Higgins, Watson B. Petticott était l'un des membres de son très fermé club d'archéologie, dont les adhérents testaient volontiers des grands crus classés.

— Higgins ! Heureux de t'entendre. Encore une affaire croustillante ?

— Connaîtrais-tu un banquier de haut niveau, Johnson Tanor ?

— Ce nom ne me dit rien. Quelle faute a commise ce quidam ?

— J'ai besoin de le rencontrer, car il a eu un rendez-vous curieux avec le propriétaire de Tradition.

— Sir Francis Branir, celui qui vient d'être assassiné ? Je suis membre honoraire de son club !

— Tu connaissais donc sir Francis ?

— Je l'ai croisé une ou deux fois. Appartenir à Tradition est un grand honneur, mais je n'avais guère le temps de le fréquenter. J'y ai pourtant rencontré des gens importants. Mais pas de Johnson Tanor... Où es-tu ?

— Au club.

— Je te rappelle.

*

* *

L'attente dura une demi-heure, pendant laquelle Higgins et Christopher n'échangèrent pas le moindre mot. Ce dernier étudiait des dossiers, l'ex-inspecteur-chef se contentait de regarder les flammes dansant dans la cheminée. L'espace d'un instant, il fut persuadé qu'elles parlaient, lui offrant un détail capital ; et la sonnerie du téléphone retentit.

— Higgins ? Ici Watson. J'ai une information sensationnelle. Après vérification, je peux t'assurer que ton Johnson Tanor n'existe pas ! Ton banquier, si c'en est un, portait un nom d'emprunt.

— Remarquable, Watson, ne quitte pas. Christopher... Voulez-vous prendre le combiné et décrire ce Johnson Tanor ?

Le secrétaire particulier s'exécuta.

— Petit, les épaules rondes, chauve, des lunettes carrées, un costume prince-de-galles, des...

— Jacob Berner ! s'exclama Watson B. Petticott. Jacob Berner... Ce ne peut être que lui.

Higgins reprit le combiné.

— Où puis-je le trouver ?

— C'est un fondé de pouvoir d'une grande banque. Je te l'envoie. Compte sur moi pour le décider à venir sur l'heure. À une condition : tu me raconteras tout après.

— Tu as ma parole, Watson.

Christopher sortit de la pièce.

Il était près de minuit lorsque Jacob Berner frappa à la porte du club Tradition. L'homme était bien tel que Christopher l'avait décrit. Introduit dans la bibliothèque par un policier en uniforme, il tremblait de tous ses membres.

— Je n'ai rien fait de mal, déclara-t-il dès qu'il vit Higgins, et je ne suis responsable de rien. C'était un simple rendez-vous d'affaires, rien de plus.

— Calmez-vous, recommanda Higgins, rassurant ; je tenais à vous entendre rapidement à titre de témoin... rien de plus. Vous êtes bien banquier et vous appelez bien Jacob Berner ?

Le petit homme passa une main moite sur son crâne chauve.

— C'est cela même. Je suis fondé de pouvoir. Voyez vous-même.

Berner présenta à Higgins une carte professionnelle certifiant qu'il était employé par l'une des grandes banques du Royaume-Uni.

— Pourquoi vous être présenté à sir Francis Branir sous un faux nom ?

— Par souci de discrétion, inspecteur ; la concurrence est sévère. Je suis assez connu dans le milieu bancaire et je préférais passer inaperçu.

— Pour quelle raison ?

Berner rentra les épaules, comme pour se protéger d'un mauvais coup.

— Secret professionnel. Vous comprendrez aisément que je ne puisse en dire davantage.

— Je ne crois pas pouvoir admettre ce secret-là, monsieur Berner. Il y a eu meurtre, et vous avez rencontré la victime dans des circonstances étranges. D'après un témoin, sir Francis était furieux au sortir de son entretien avec vous. Est-ce la vérité ?

— D'une certaine manière. Mais comprenez-moi ! Ma position, les affaires, les difficultés actuelles...

— Il y a eu meurtre, répéta Higgins, et je vous écoute.

Jacob Berner avala sa salive.

— C'est délicat, très délicat. De plus, cela n'apporterait rien de nouveau à votre enquête.

— Laissez-m'en juge.

Le fondé de pouvoir baissa pavillon. Cet inspecteur qui n'élevait pas la voix et se montrait fort aimable n'abandonnerait pas la partie. Il bénéficiait en outre de puissants appuis, comme le prouvait l'intervention d'un homme aussi influent que Watson B. Petticott.

— J'avais demandé rendez-vous à sir Francis Branir sous un faux nom et pour un faux motif, expliqua Jacob Berner avec gêne. En réalité, je venais lui proposer, au nom de ma banque dont il était client, d'acheter son club.

— Et cette proposition lui a profondément déplu.

— En quelque sorte... Mais n'en tirez aucune conclusion !

Le petit homme essuya avec nervosité les verres de ses lunettes carrées, comme s'il tentait d'effacer quelque tache indélébile.

— Le club connaît-il des difficultés financières ?

— Certes non, répondit vivement Jacob Berner. Tradition est l'un des fleurons des clubs londoniens ; la liste d'attente des célébrités qui voudraient en faire partie est interminable. Sir Francis Branir aurait pu doubler les cotisations sans perdre un seul adhérent.

— Il n'y a donc qu'une seule explication à son courroux : vous avez tenté d'exercer sur lui un chantage.

Le fondé de pouvoir se dressa, tel un diable jaillissant d'une boîte à malice.

— Inspecteur ! Ce sont des accusations d'une gravité exceptionnelle !

— Voici comment j'imagine la scène : mandaté par votre banque pour acquérir un club qui lui aurait offert de séduisantes perspectives, vous avez énoncé une somme, probablement considérable. Sir Francis vous a opposé un refus définitif ; alors, vous avez usé du chantage. En tant que client de votre banque, il est forcément vulnérable. Peut-être a-t-il des emprunts ou un autre talon d'Achille financier ; Petticott me l'apprendra.

En état de choc, Jacob Berner se rassit avec une extrême lenteur.

— Inutile de le déranger une nouvelle fois, inspecteur. Sir Francis désirait procéder à une rénovation presque totale du club et emprunter une somme très importante. Nous avions un beau coup à jouer… Je l'ai raté.

Higgins, de son écriture fine et rapide, prenait des notes.

— Ennuyeux pour votre carrière, observa l'ex-inspecteur-chef.

— On ne peut pas toujours réussir. Avec un homme comme sir Francis, c'était presque sans espoir.

— Pouvez-vous me préciser votre emploi du temps pour le soir du crime, jeudi dernier, à partir de vingt-trois heures ?

— Je ne m'en souviens plus… Ah si ! Je me reposais chez moi.

— Vous n'êtes pas marié ?

— Non.

— Et vous étiez seul ?

— Seul.

— Où résidez-vous ?

— Theobalds Road.

— À un quart d'heure à pied du club.

— En marchant très vite !

— Examinons ensemble les faits, monsieur Berner. Vous recevez la mission de faire plier par n'importe quel moyen le propriétaire du club Tradition afin que votre banque en devienne acquéreur. Vous échouez. Si vos employeurs l'apprennent, votre carrière est brisée. Il ne vous reste qu'une solution : assassiner sir Francis Branir.

Le fondé de pouvoir tourna de l'œil.

Higgins lui servit un verre de vieux sherry, le lui fit absorber, puis lui tapota le dessus de la main droite.

— Votre absence d'alibi est plutôt gênante, surtout à la suite d'une usurpation d'identité. N'existe-t-il vraiment personne pour témoigner que vous étiez bien chez vous le soir du crime ? Une gardienne d'immeuble ? Un voisin ?

Jacob Berner baissa la tête, effondré.

— Je n'ai que ma parole et ma bonne foi.

— Elles sont malheureusement d'une qualité médiocre.

Le fondé de pouvoir regarda l'ex-inspecteur-chef avec des yeux de chien battu.

— J'exerce une profession impitoyable, c'est vrai. Mais je n'ai tué personne.

— Rentrez chez vous, monsieur Berner, et ne quittez pas Londres.

— 18 —

L'ex-inspecteur-chef demanda à un policier de faire venir Christopher.

— J'ai besoin de consulter le courrier de sir Francis, exigea Higgins.

— Rien de plus facile ; je le classe quotidiennement. À quelle date souhaitez-vous remonter ?

— Commençons par l'année en cours.

— Entendu.

Christopher fit pivoter un pan entier de la bibliothèque consacré aux éditions originales de Charles Dickens et de Mark Twain. Des dossiers suspendus contenaient le courrier adressé au club depuis sa reprise en main par sir Francis.

Higgins s'installa au bureau le plus proche de l'œuvre de Shakespeare. Une lampe ancienne, pourvue d'un abat-jour décoré d'une frise de motifs héraldiques, dispensait une lumière à la fois douce et précise.

— Si cela ne vous dérange pas, inspecteur, j'aimerais rester ici pour travailler.

Le secrétaire particulier s'assit dans un fauteuil, face à la cheminée, et vérifia l'inventaire des éditions rares acquises par le club.

Higgins retrouvait l'atmosphère des bibliothèques de son enfance et de son adolescence. En Orient comme à Cambridge, il aimait passer de longues heures dans ces cavernes aux trésors où les hommes se taisaient pour laisser parler les livres. Y avait-il d'autres lieux où l'on pouvait rencontrer autant de génies à la fois, où l'on se laissait bercer par des voix immortelles chantant à jamais des phrases impérissables ? Les livres vivaient d'une vie secrète, respiraient avec la discrétion innée des êtres d'exception, se cachaient pour mieux être découverts par un lecteur attentif qui apprécierait la beauté de la reliure, l'élégance des caractères, la qualité du texte.

Un crime... Higgins n'était pas là pour rêver.

Il commença à feuilleter les liasses de courrier : demandes d'admission au club, lettres de félicitations, missives officielles provenant de ministères, d'ambassades ou de centres culturels... Au terme du dépouillement, Higgins comprit qu'il n'apprendrait rien de cette paperasse.

Christopher n'avait pas bougé. Il semblait doté d'un surprenant pouvoir de concentration.

— Désolé de vous importuner, s'excusa Higgins, mais je n'avance guère.

Christopher se retourna.

— Que cherchez-vous ?

— Le courrier personnel de sir Francis.

Le secrétaire particulier se leva.

— C'est que…

— Savez-vous où il se trouve ?

— Certes. Mais est-ce bien légal ? Plus encore, est-ce bien moral ?

— Désirez-vous connaître l'identité de l'assassin ?

— Comment en serait-il autrement ?

— En ce cas, certaines barrières doivent être franchies.

— Parfait, inspecteur, suivez-moi.

Les deux hommes sortirent de la bibliothèque, traversèrent le hall et empruntèrent l'escalier principal en direction du salon de musique.

— Personne ne s'est présenté au club aujourd'hui ?

— Non, inspecteur. Pendant votre absence, j'ai annulé les réceptions qui devaient avoir lieu ces jours-ci et prévenu les membres permanents du club, de sorte qu'eux-mêmes annulent leurs rendez-vous. Un faire-part annonçant les funérailles de sir Francis paraît dans la presse de demain. Chacun sait que Tradition restera fermé jusqu'à la fin de l'enquête.

Le salon de musique sommeillait dans le silence et l'obscurité, à peine altérée par un rayon de lune. Le secrétaire particulier posa l'index sur un interrupteur.

— N'allumez pas, pria Higgins.

L'ex-inspecteur-chef s'avança à pas feutrés dans la pièce endormie, emplie de la présence invisible de sir Francis Branir. Pour la première fois, Higgins prenait contact avec son esprit, entrait dans l'intimité de sa mort avec le respect dû à ceux qui avaient marqué d'une empreinte ineffaçable leur passage sur cette terre.

Pourquoi cette impression si profonde ? Higgins, cheminant entre le piano et la harpe, cherchait à en découvrir la cause. Sir Francis n'était pas que le brillant président d'un club renommé ; il avait un autre génie. Et c'était ici que se trouvait la clé du mystère.

La lumière argentée se posa sur l'un des tableaux que Christopher avait de nouveau accrochés au mur : le potier créant un vase sur son tour.

Sir Francis possédait une autre dimension : celle d'un peintre d'exception. À l'homme d'influence, régnant sur l'intelligentsia londonienne, s'ajoutait un créateur peu préoccupé de gloire. Turner, Van Gogh, Fra Angelico... Il y avait l'influence de ces géants-là dans le style, l'art et la couleur de sir Francis. Mais sa vision n'appartenait qu'à lui, nulle influence ne suffisait à la définir.

Le secret : voilà le maître mot qui rendait compte de la personnalité du défunt.

— Allumez, demanda Higgins.

Le salon de musique ressemblait à ce qu'il aurait toujours dû être, un lieu de paix et d'harmonie.

— C'est vous qui l'avez remis en ordre ?

— Je ne supportais plus ce chaos.

Christopher souleva une tenture dissimulant un meuble en marqueterie tout en hauteur et peu profond.

— Sir Francis y rangeait les lettres personnelles qu'il désirait conserver.

— Comment l'ouvre-t-on ?

— La clé est cachée dans ce siège qui comporte un couvercle. Sir Francis m'a indiqué son emplacement en m'autorisant à l'utiliser en cas de nécessité absolue.

Christopher la remit à Higgins, qui ouvrit. Les tiroirs étaient remplis de lettres datant de différentes années. Une grande partie d'entre elles émanaient d'anciens camarades de la RAF. Immobile, Christopher assista à la fouille.

Il n'était pas loin d'une heure du matin quand Higgins mit la main sur un document bizarre, datant de la veille du meurtre :

Mon cher Francis,

Je suis ton plus vieil ami, ton plus vieux compagnon de route, celui sur lequel tu pourras toujours compter. Aie totale confiance en moi. J'ai le privilège de l'âge, sa sagesse et son expérience. Tu connais ma grande sensibilité. C'est peut-être un défaut, mais je suis comme ça. Avant de prendre une décision, consulte-moi, je serai de bon conseil. Quel que soit ton choix, je serai avec toi. Tu peux te reposer sur moi. Tu sais combien je t'admire.

Tremblante, l'écriture était lisible, de même que la signature : *Ernie Jenssens.*

Higgins, qui avait l'oreille d'un félin, entendit le carillon pourtant discret de la porte d'entrée du club. Un policier de garde prévint qu'un membre de Tradition tentait de forcer le passage.

— 19 —

Une voix embarrassée et coléreuse s'opposait à celle du policier en uniforme qui, respectant la consigne, s'obstinait à refuser l'entrée du club à quiconque.

— Je suis membre fondateur ! J'ai le droit de passer la nuit ici !

Higgins intervint.

— Monsieur Jenssens ! Un ennui ?

L'apparition de l'ex-inspecteur-chef calma le chirurgien.

— Un ennui grave... Je peux entrer ?

— Je vous en prie. J'avais justement quelques questions à vous poser.

★

★ ★

Pendant que Higgins accueillait Ernie Jenssens, un drame domestique se nouait.

Le colonel Arthur Mac Crombie avait quitté son domaine londonien un peu moins de quarante-huit heures après l'assassinat de son ami sir Francis.

Conformément à son habitude, il n'ouvrait jamais son courrier pendant le week-end, qui, pour lui, débutait le vendredi à midi.

Grand chasseur devant l'Éternel, Arthur Mac Crombie aurait dû regagner la capitale dans la matinée du lundi et y dépouiller son courrier. Mais un obscur problème de décompte lors du tableau de chasse ayant provoqué des contestations en ce dimanche soir, force fut au plus expérimenté des invités, sir Arthur Mac Crombie lui-même, de jouer le rôle de juge après un examen attentif des pièces de gibier.

Aussi son lundi, et probablement son mardi, devrait-il être occupé par cette tâche essentielle, tandis qu'un pli à l'adresse du colonel, expédié par sir Francis Branir, sommeillait au milieu de factures et de prospectus.

*

* *

Higgins s'était absenté quelques instants, laissant Christopher et Ernie Jenssens en tête à tête dans la bibliothèque. Il donna des consignes aux hommes de garde : à l'exception du superintendant Marlow et de lui-même, ne laisser pénétrer personne, sous aucun prétexte, dans le salon de musique.

Le secrétaire particulier avait repris son travail. Jenssens tournait comme un lion en cage.

— Ah, inspecteur ! Il faut que je vous parle tout de suite !

Le chirurgien s'exprima à voix basse, mâchonnant quelques mots que Higgins parvint à comprendre.

— Pas en présence de ce Christopher.

— Soyez rassuré ; le secrétaire particulier de sir Francis est une tombe.

Higgins avait parlé suffisamment fort pour que Christopher l'entendît. Ce dernier ne leva même pas la tête.

Ernie Jenssens, affolé, regarda en direction de la porte. Higgins le convia à s'asseoir.

— Je rentrais chez moi tranquillement après avoir vu les Elope, j'ai mis la clé dans la serrure comme d'habitude, j'ai ouvert et... Je n'ai pas pu entrer ! J'ai poussé, poussé... Il y a eu un hurlement !

— Qui l'a émis ?

Ernie Jenssens bafouilla, se moucha, bafouilla encore.

— C'est ma femme, Hanna. Elle était couchée sur le seuil et me reprochait de rentrer trop tard. Elle m'a insulté, je n'ose pas répéter ses mots. Elle est persuadée que je la trompe, moi qui la respecte tant... Et qui en ai si peur !

— Vous êtes donc tout à fait innocent.

— Tout à fait ! Hanna a un caractère tellement entier ! Ce n'est pas facile de vivre avec elle. Elle me martyrise.

— N'auriez-vous pas intérêt à la quitter ? suggéra Higgins.

— Ce serait pis encore, inspecteur ! Je crois qu'elle me tuerait. Si vous connaissiez sa jalousie... Je n'ai même pas le droit d'accorder un petit regard à un jupon qui passe.

— Seulement un regard ?

— Un regard, une main, je ne sais plus, moi ! Mais rien d'important. Hanna est un monstre, inspecteur. Personne ne serait capable de lui tenir tête. Alors moi, sensible comme je suis ! Je ne résiste pas aux événements comme Sue England ; elle a une énergie fabuleuse, à force de prendre celle des autres. Chaque fois que ma femme lui parle de son arthrite, Sue lui répond que la sienne est bien plus grave.

— Votre épouse voyait-elle souvent sir Francis ?

— Presque jamais. Vous n'auriez pas quelque chose à boire ? L'émotion...

Higgins offrit au chirurgien un verre de vieux sherry. Il le vida cul sec.

— Je n'ai pas l'habitude de découcher.

— Sue England voyait-elle souvent le défunt ?

— Sûrement pas, répondit Ernie Jenssens ; il l'évitait comme une maladie honteuse. Francis ne critiquait personne, parlait peu et préférait garder pour lui ses pensées. Un soir, devant un bon verre comme celui-ci, il m'a avoué qu'il n'avait jamais rencontré femme plus stupide et plus prétentieuse. J'ai sommeil, inspecteur... À mon âge et avec toutes ces émotions ! Puis-je dormir au second étage ?

— Sir Francis ne vous aurait pas refusé l'hospitalité.

Christopher se leva.

— Je fais le nécessaire pour assurer à notre hôte un minimum de confort.

— Seriez-vous assez aimable pour mettre une bouillotte dans mon lit ? demanda Higgins. Quand je rentrerai, j'aimerais trouver des draps chauds.

— Vous sortez à cette heure-ci ?

Higgins consulta sa montre de gousset, petit chef-d'œuvre de l'horlogerie suisse, qui marquait une heure et demie.

— Encore une légère formalité à accomplir.

Dès que Jenssens et Christopher eurent disparu, Higgins appela son ami écossais Malcolm Mac Cullough, le meilleur commissaire-priseur du Royaume-Uni. Quand il n'officiait pas en salle des ventes, il avait coutume de dormir le jour et de travailler la nuit. L'érudit occupait un vaste domaine du nord de Londres, où se déployaient ses collections de stèles, de vases et de statues, et son immense bibliothèque. Doté d'une mémoire phénoménale et d'une érudition non moins étonnante, Mac Cullough ne cessait d'approfondir ses connaissances. Aucune des transactions qui s'opéraient sur le marché des objets d'art ne lui échappait ; il n'avait que deux défauts : un langage parfois un peu rude et la prétention aveugle d'être un bon pâtissier. Le foie de Higgins avait déjà eu à souffrir de ses cakes et de ses puddings aux compositions surprenantes.

Dès la seconde sonnerie, Malcolm Mac Cullough décrocha.

— Higgins ! Quel meurtre t'amène ?

— Celui de sir Francis Branir.

— Connais pas.

— Il y a un témoin, un certain Ernie Jenssens, qui…

— Ernie Jenssens, ce salopard ! coupa Malcolm Mac Cullough. Tu as de la chance, je n'ai même pas besoin de consulter mes fiches. Il a été la cause d'un petit scandale chez Sotheby's, le mois dernier. C'est un des deux ou trois plus importants collectionneurs anglais de jeux de fléchettes anciens, mais aussi un type sans morale. Il a tenté de corrompre un de mes adjoints pour acquérir une belle pièce, et je lui ai signifié son exclusion définitive des salles des ventes. Dans le métier, désormais, il est catalogué parmi les brebis galeuses. Rouge de colère, il m'a traité de « sale Juif », et j'ai cru que ses veines allaient éclater ! On murmure que son passé ne serait pas des plus clairs. Il n'a d'authentique que ses jeux de fléchettes. Dans combien d'heures mets-tu la main au collet de l'assassin ?

— Difficile à dire.

— Je te donne jusqu'à mardi ! Et mercredi, tu viens dîner. J'ai inventé une recette de flan salé à la banane dont tu me diras des nouvelles.

— 20 —

L'hiver accordait à Londres une nuit de répit. La pluie glacée avait cessé de tomber, la température était remontée d'un degré. Durant cette accalmie, la clocharde qui surveillait le club Tradition avait quitté sa bouche de chaleur. À sa place, un vieil édenté maigre comme un clou qui mâchait un sandwich.

— Pardonnez-moi de vous importuner, dit Higgins, sauriez-vous où se trouve la locataire qui vous a précédé ?

L'homme leva vers l'ex-inspecteur-chef des yeux injectés de sang.

— Vous la connaissez ?

— Nous sommes en affaires.

— Du sérieux ?

— Du très sérieux. Ne le répétez pas, mais Scotland Yard est de la partie.

— Encore du mouron à se faire !

— Pas obligatoirement, s'il m'est possible de converser de nouveau avec votre collègue.

— C'est pas ma collègue, mais ma patronne. « La Vieille » est une peau de vache, mais elle sait diriger son monde et nous trouver à manger. Pendant qu'elle vadrouille sur les docks, je garde sa place. Elle va revenir, vous bilez pas.

Higgins accepta l'augure, salua le clochard et s'enfonça dans la nuit. Pour aller de Bloomsbury à Soho, il passa par Tottenham Court Road et emprunta Oxford Street où étaient concentrés quelques-uns des plus fameux magasins de la capitale, de Selfridges à Marks & Spencer. À cette heure tardive, plus de badauds. L'ex-inspecteur-chef, qui marchait d'un pas rapide, tourna bientôt dans Poland Street, qui n'était pas trop contaminée par l'animation quelque peu douteuse de Soho.

L'ex-inspecteur-chef se plaça sous l'auvent protégeant la demeure des Jenssens, s'essuya les pieds sur l'épais paillasson et sonna.

— Fiche le camp ! répondit une voix aiguë. Repars d'où tu viens, vieux cochon ! Moi vivante, tu ne franchiras pas cette porte !

— Inspecteur Higgins, madame Jenssens ; auriez-vous l'obligeance de m'ouvrir ?

La femme du chirurgien fit entrer le policier dans le long couloir éclairé d'une impressionnante file de hautes bougies ; dans la cire, elle avait gravé des croix de formes diverses. À la porte de la salle de jeux, un cadenas.

— C'est Ernie qui l'a fermée ; il est persuadé que je veux lui voler ses fléchettes ! Il doit être envoûté par une traînée. Il passait presque toutes ses soirées au club, il ne peut pas rester en place ! On croirait que cette maison lui fait horreur. Depuis la mort de sir Francis, il prétend dîner chez les Elope. Je suis sûre qu'il ment ; il me trompe. Alors, je vais le désenvoûter. Vous voyez ces cierges ?

Higgins hocha la tête affirmativement.

— Je m'assois, je ferme les yeux et je prie.

Hanna Jenssens joignit le geste à la parole. Elle marmonna une série d'incantations dont Higgins ne comprit pas un traître mot. Au risque de la perturber, il s'aventura à lui poser la question qui avait motivé sa promenade nocturne.

— Madame Jenssens... Après vous être réveillée, n'êtes-vous pas entrée, seule, dans le salon de musique ?

La petite femme aux cheveux auburn et à la robe brune interrompit son irritante mélopée. Elle se piqua l'annulaire avec une épingle.

— Il faut que je souffre pour que ses péchés lui soient pardonnés, déclara-t-elle, les yeux fermés.

Le sang perla au bout de son doigt.

— Vous y êtes entrée, n'est-ce pas ? insista Higgins.

— Moi non, répondit-elle, mon double éthérique peut-être.

— Sir Francis était-il encore vivant ?

— Vivant... Mort... Qui pourrait le dire ? Il fallait le sauver, lui aussi.

— Et vous avez déposé une croix pour l'arracher au péché. Vous a-t-il parlé ?

Hanna Jenssens suça son sang.

— Partez, inspecteur ; je n'ai rien à déclarer. J'attends mon mari.

L'ex-inspecteur-chef quitta la demeure des Jenssens. Dès qu'il eut refermé la porte, Hanna Jenssens s'étendit de nouveau sur le seuil.

*

* *

De Soho à Kensington, il y avait près de cinq kilomètres. Higgins marcha jusqu'à Oxford Circus, où il trouva un taxi libre. Celui-ci passa par Marble Arch, emprunta Bayswater Road et le déposa devant l'immeuble où habitaient les Elope, dans Kensington Church Street.

Leurs fenêtres étaient éclairées.

Higgins monta jusqu'à l'appartement et sonna. Eleonora Elope lui ouvrit.

— Inspecteur… Que se passe-t-il ?

— Rien de grave, madame ; quelques détails à vérifier. Puis-je entrer ?

— Je vous en prie. Nous avions une insomnie et buvions une infusion de serpolet. Désirez-vous vous joindre à nous ?

— Avec plaisir.

L'odeur de tabac agressa aussitôt les narines de Higgins. Eleonora Elope alluma une cigarette. Son mari, assis dans un fauteuil rouge devant la cheminée où pétillait un feu, salua d'un signe de tête l'ex-inspecteur-chef. Higgins constata qu'il avait les yeux fixés sur un échiquier.

Eleonora Elope apporta une tisanière et une troisième tasse.

— Je crois que j'ai interrompu votre partie d'échecs, constata Higgins.

— C'est sans importance. Freddy gagne toujours.

— Puis-je prendre votre place ? Je ne suis qu'un modeste joueur. Me faire battre par votre mari sera un honneur.

La situation était désespérée. La dame de Mme Elope semblait condamnée à brève échéance, et l'une de ses tours était gravement menacée. Déjà privée de ses deux cavaliers, elle ne conserverait pas longtemps son dernier fou. Higgins s'assit en face de son adversaire qui demeura aussi inerte qu'un bloc de pierre.

Eleonora se plaça à côté de son époux, appuyant tendrement la tête sur son épaule.

Higgins, qui jouait avec les blancs, avança un pion. Un simple pion qui bloquerait un temps la stratégie de Freddy Elope. Ce dernier s'obstina pourtant. Il alluma une cigarette et déploya l'attaque prévue comme si l'ex-inspecteur-chef n'avait rien tenté.

— Depuis la mort de sir Francis, est-il exact que vous ayez reçu chaque soir Ernie Jenssens ?

— Oui, inspecteur, répondit Eleonora Elope ; il arrive vers vingt heures et repart avant vingt-deux heures. Nous parlons de tout et de rien. Lui est-il arrivé quelque chose ?

Higgins venait de mettre sa dame à l'abri. De victime offerte à l'adversaire, son fou devint attaquant.

— Rien de grave, rassurez-vous. Pourquoi des visites aussi fréquentes ?

— Il ne s'entend pas avec sa femme, révéla Eleonora Elope ; voilà des années qu'ils se disputent. Hanna est persuadée qu'Ernie la trompe. Cela a peut-être été vrai, mais à présent... Grâce au club, Ernie passait des soirées tranquilles. Depuis sa fermeture, nous le recueillons avec plaisir.

Soutenu par les menaces que faisaient peser sur le camp adverse sa tour et son fou, Higgins lança sa dame à l'assaut. Il était particulièrement à l'aise dans le maniement de cette pièce dont la puissance avait été si bien utilisée par les grands maîtres. En trois coups, il mit Freddy Elope en difficulté ; si ce dernier ne trouvait pas une parade rapide, il serait mat.

Eleonora Elope se détacha de son époux pour verser une tasse de tisane qu'elle offrit à Higgins. Celui-ci se leva.

— Mille mercis.

Revenant à l'échiquier, auquel il avait tourné le dos quelques secondes, Higgins eut un choc. Le fou le plus dangereux de Freddy Elope avait illégalement bougé d'une case. Cette fois, c'était l'homme du Yard qui risquait la défaite en trois coups. Sa mémoire le trompait-elle ? Probablement, car comment croire qu'un joueur d'échecs fût capable de tricher ?

— M. Jenssens a-t-il évoqué un détail concernant la nuit du crime ?

— Oh non, inspecteur ! Il ne parle que de sa femme et des tourments qu'elle lui fait endurer. Le malheureux vit un vrai calvaire. Elle l'a même menacé.

— De quelle façon ?

— Hanna acceptait plus ou moins ses sorties, mais avait fixé une heure limite pour son retour... Vingt-deux heures dix, je crois. Ce soir, il l'a dépassée.

Elle avait juré de lui interdire l'accès de la maison, par n'importe quel moyen. J'ai mis Ernie en garde et l'ai obligé à nous quitter. A-t-elle mis sa menace à exécution ?

— En quelque sorte. M. Jenssens a-t-il fait allusion à ses discussions avec sir Francis ?

— Ernie est trop sensible, expliqua Eleonora Elope ; il préfère garder ses souvenirs pour lui.

Malgré une défense plutôt brillante, Higgins avait perdu. Freddy Elope posa la main sur la tour qui allait lui permettre de prononcer les mots fatidiques.

La sonnerie du téléphone retentit.

Intriguée, Eleonora Elope décrocha.

— Allô… Oui, c'est moi. Comment ? Un accident…

Elle tourna de l'œil. Higgins fut assez rapide pour la recevoir dans ses bras.

— 21 —

Roulant à vive allure dans une Londres presque déserte, Eleonora Elope longea Kensington Gardens et Hyde Park pour franchir en quelques minutes la distance séparant Kensington de St. James's Square. Avant de monter en voiture, Higgins s'était assuré qu'elle avait bien vaincu son malaise.

À constater l'énergie qu'elle déployait au volant, il pouvait être pleinement rassuré.

Eleonora Elope freina brutalement devant l'hôtel particulier des England, Higgins faillit percuter le pare-brise. La femme du chimiste jaillit de l'automobile et, maniant le heurtoir de bronze, frappa frénétiquement à la porte, négligeant la moderne sonnette.

Le colosse empâté ouvrit.

Eleonora Elope le bouscula et s'engouffra en courant dans la demeure ; Higgins la suivit. Dans le hall aux murs couverts de diplômes et de médailles, Sue England se tenait debout, vêtue d'une robe-fourreau rouge.

— Où est le petit ? demanda Eleonora Elope, éplorée.

— Dans sa chambre, répondit Sue England.

— Il est gravement blessé ?

— Non, mais il vaut mieux que tu t'en occupes. Il te réclame.

Au sommet de l'escalier d'honneur apparut Reginald-John England, engoncé dans un smoking trop petit pour lui.

— Pourquoi avoir appelé Eleonora ? ragea-t-il. Nous n'en avons pas besoin ! Qu'elle rentre chez elle !

Eleonora Elope n'osait plus avancer ; la colère de Reginald-John England la terrifiait. Elle se retourna vers Higgins dont les England découvrirent la présence.

— La police, ici ? s'indigna Reginald-John. Mais pourquoi ?

— J'ai eu un malaise quand Sue m'a annoncé que le petit avait été accidenté. L'inspecteur était chez nous. Il m'a accompagnée.

— Il n'a rien à faire chez moi, jugea Reginald-John England, dévalant l'escalier.

Eleonora Elope recula d'un pas, Higgins se plaça devant elle.

— Point n'est besoin de s'irriter, monsieur England. Un enfant blessé mérite toutes les attentions ; n'est-ce pas votre avis, madame England ?

— Si, bien sûr que si, répondit-elle. Viens, Eleonora.

Sue England prit vivement Eleonora Elope par le bras et l'entraîna vers l'escalier. Reginald-John

England, dont la fureur ne retombait pas, fit face à Higgins.

— Je ne vous retiens pas, inspecteur. Ceci est une affaire de famille, strictement privée, qui ne relève pas de Scotland Yard.

— J'aimerais avoir un entretien avec votre fils, Andrew, demain matin.

— Avec mon fils ? Mais...

— Il s'agira d'un interrogatoire dans le cadre d'une enquête criminelle. S'il y avait une raison médicale interdisant cette entrevue, faites-le-moi savoir ; je réside au club Tradition. Vous connaissez l'adresse.

⋆

⋆ ⋆

Higgins n'avait pas sommeil. Allongé sur son lit, dans la modeste chambrette correctement chauffée, il réfléchissait aux événements de la journée. Incohérents en apparence, étaient-ils reliés entre eux ? Avaient-ils un quelconque rapport avec le meurtre ?

Les yeux fermés, l'ex-inspecteur-chef tentait de se reposer. Il était entré, malgré lui, dans cette enquête qui, à présent, le captivait.

Le parquet craqua. Non pas dans la chambrette de Higgins, pourvue d'un tapis, mais dans le couloir. L'ouïe très fine de l'ex-inspecteur-chef perçut le lent déplacement d'un individu qui passa devant sa porte. Higgins, ne l'ayant pas fermée à clé, s'attendait à voir s'abaisser la poignée. Un peu abîmée, elle grincerait. Et le visiteur nocturne entrerait, s'approcherait du lit.

Qu'aurait-il choisi ? Arme à feu ou arme blanche ? On pouvait parier sur cette dernière s'il s'agissait de l'assassin de sir Francis Branir.

Être assassiné dans un club londonien n'était pas une perspective qui enchantait Higgins. Mais pourquoi attenterait-on à sa vie alors qu'il n'avait rien découvert de déterminant ?

Un cri de terreur déchira le silence.

Une porte claqua.

Higgins se déplaça avec la promptitude d'un chat.

— Au secours ! Au secours ! hurlait Ernie Jenssens.

Devant la porte entrouverte de sa chambre, il y avait déjà Christopher, en chemise et pantalon rayés.

— Entrons, ordonna Higgins.

Ernie Jenssens était proprement ratatiné sur son lit, calé contre le mur. La fenêtre de la chambrette, largement ouverte, laissait s'engouffrer un air réfrigérant.

— Il… il est entré par là, indiqua le chirurgien, effrayé. Donnez-moi mes pilules pour le cœur. Elles sont dans la poche arrière de mon pantalon.

Christopher trouva le médicament qu'absorba aussitôt Ernie Jenssens. Higgins nota que l'unique chaise de la pièce avait été renversée, puis se pencha par la fenêtre qui donnait sur la rue. Pour y accéder en escaladant la façade du club, il fallait de rares talents d'alpiniste.

— A-t-on tenté de vous agresser ?

— Je crois, balbutia Ernie Jenssens. Quand j'ai crié, il s'est enfui.

— Homme ou femme ?

— Je ne sais pas, inspecteur, je suis incapable de donner une description. Tout s'est passé si vite, dans le noir…

Higgins referma la fenêtre.

— Inutile de prendre froid. En revanche, monsieur Jenssens, laissez votre porte grande ouverte. Je ne crois pas qu'une nouvelle agression aura lieu cette nuit, mais deux précautions valent mieux qu'une.

Christopher n'avait pas perdu une once de sang-froid. Il paraissait insensible à l'événement tragique qui venait de se produire. Ernie Jenssens respirait de nouveau normalement.

— Essayez de dormir, recommanda Higgins. Soyez tranquille : Scotland Yard veille.

— 22 —

À sept heures du matin, Higgins et Christopher dégustèrent un petit déjeuner frugal préparé par le secrétaire particulier du défunt : petits pois et bacon, toasts, marmelade.

— Voici un café pur arabica, annonça Christopher, le préféré de sir Francis. Une qualité réservée au club, en provenance directe du Brésil. Sans doute préférez-vous du thé ?

— Le café m'ira très bien.

— Je n'ai pas osé réveiller M. Jenssens.

— Laissons-le se remettre de ses émotions.

— Je ne m'habitue pas à l'absence de sir Francis. Il était l'âme de ce club et lui donnait toute sa signification. Personne ne pourra le remplacer. Désormais, il faudra se résigner à la médiocrité.

— Vous êtes pessimiste.

— Non, inspecteur. Sir Francis était une personnalité hors du commun ; par sa seule présence, il rassurait et convainquait. C'est l'un des plus grands hommes d'État que l'Angleterre ait connus, mais son nom ne figurera dans aucun manuel scolaire. Il en serait très heureux.

Le café servi par Christopher avait un arôme qu'un amateur pouvait qualifier de prodigieux.

— Le banquier qui a provoqué la colère de sir Francis s'est affublé d'un faux nom, révéla Higgins.

— Pour quelle raison ?

— Il voulait acheter le club.

Un sourire égaya le visage grave de Christopher.

— Aucune chance... Tout l'or du cosmos n'aurait pas suffi !

— Et si des membres fondateurs avaient souhaité vendre ?

— D'après le règlement intérieur, sir Francis est le seul maître à bord... Je veux dire : était. Les fondateurs lui avaient accordé leur totale confiance.

— Le soir où sir Francis a été assassiné, il avait réuni tous les membres fondateurs, rappela Higgins ; n'était-ce pas pour leur communiquer le résultat de son entrevue avec le banquier ?

Christopher, le buste droit, les mains posées à plat sur la table de cuisine, réfléchit longuement.

— Cela m'étonnerait. Cette réunion était prévue bien avant que le banquier eût pris rendez-vous. Non, il y avait un autre motif.

— Ne vous l'a-t-il pas dévoilé ?

— Pas la moindre allusion. Franchement – cela dût-il vous paraître prétentieux – je m'en étonne. Certes, sir Francis ne se montrait pas prodigue de confidences, mais il ne me tenait pas à l'écart des grandes décisions concernant la vie du club.

— Peut-être s'agissait-il d'une simple fête amicale, suggéra Higgins.

— J'aurais volontiers adopté cette hypothèse si sir Francis n'avait pas dîné fréquemment avec ses vieux amis. L'heure tardive, la convocation des épouses, le secret qu'il avait voulu préserver : voilà bien des faits troublants.

*

* *

Ce secteur de la banlieue industrielle de Londres n'avait rien pour attirer Higgins. Il n'appréciait ni les usines, ni leurs verrières souvent cassées, ni les rues sinistres bordées de bâtiments en brique noircie par la pollution. À huit heures du matin, en cette journée d'hiver pluvieuse, le paysage aurait démoralisé le plus optimiste. L'ex-inspecteur-chef passa outre à ses états d'âme.

Après avoir réglé son taxi, il franchit le portail d'entrée de l'entreprise England and England. Plusieurs camions stationnaient dans une vaste cour, l'arrière acculé à un quai encombré d'une impressionnante quantité de colis gros et petits, en partance pour diverses régions du Royaume-Uni. Un personnel nombreux chargeait les véhicules à l'aide de diables. Les moteurs de ceux qui démarraient répandaient un vacarme effroyable.

Higgins grimpa quelques marches menant à un bureau vitré, évoquant une tour de contrôle, d'où un homme en blouse blanche dirigeait les manœuvres au micro. Les ordres étaient propagés par haut-parleurs à travers le bâtiment.

— Je souhaite voir votre patron, indiqua Higgins.

— Vous voulez dire la patronne ? Elle est pas encore là ; lui, il vient pas avant midi. Et croyez-moi, il file doux.

L'homme en blouse blanche hurla un ordre dans son micro, empêchant deux engins de levage de se percuter.

— Les imbéciles ! Si on n'est pas sur leur dos en permanence... Qui êtes-vous ?

— Scotland Yard.

L'homme en blouse blanche se roula une cigarette.

— Posez vos questions en vitesse. Je suis contremaître et j'ai du boulot.

— Avez-vous vu M. ou Mme England en compagnie d'un homme d'une soixantaine d'années, un peu corpulent, très calme ?

— Sir Francis Branir ? Celui qui vient d'être assassiné ? Je l'ai vu plusieurs fois en compagnie de M. England, voilà deux ou trois ans. Ça fait longtemps qu'il n'est pas venu. Un as de la RAF, c'est ça ? En face de lui, M. England se comportait comme un petit garçon. Normal, hein ? Des gars comme ça, on n'en fait plus.

— Sir Francis Branir jouait-il un rôle dans la société ?

— Administrateur honoraire, ou quelque chose comme ça.

— Ses rapports avec Mme England ?

— Glaciaux. Pas le genre de femme à jouer les seconds rôles, la patronne ! L'as de la RAF en jetait trop et ça lui faisait de l'ombre. C'est sans doute pourquoi il est pas revenu. Ah, c'est pas vrai ! Cet imbécile de camion va me percuter un container !

Le contremaître hurla de nouveau dans son micro, et le choc fut évité d'extrême justesse. Quand il se retourna, l'ex-inspecteur-chef avait disparu.

*

* *

Sue England, fière dans sa superbe robe de chambre à volants multicolores, le dernier numéro de *Vogue International* à la main, tournait autour de Higgins, immobile au milieu du hall d'entrée de l'hôtel particulier de St. James's Square.

— C'est insensé, inspecteur ! Pourquoi voulez-vous interroger mon fils Andrew ?

— Pour les besoins de l'enquête, madame England.

— À neuf heures du matin !

— Le temps nous est compté. Il ne faudrait pas laisser l'assassin de sir Francis s'échapper.

— Vous voulez dire... quitter l'Angleterre ?

— Puis-je monter ? Andrew doit être réveillé.

Ce policier était si obstiné qu'il ne lâcherait pas prise avant d'avoir obtenu satisfaction. Reginald-John dormait encore ; exaspérée, Mme England céda.

— Suivez-moi. Mais que votre entretien avec Andrew soit bref.

— S'il est souffrant, il ne va pas à l'école.

— Non, mais son coiffeur arrive dans un quart d'heure.

— Je serai bref.

— Montons. Je vous accompagne.

Les murs de l'escalier étaient ornés de photos de famille représentant banquets, anniversaires, fêtes, toujours présidés par Reginald-John England.

La chambre d'Andrew, contrairement au reste de l'hôtel particulier, était austère et dépouillée. Un lit, un petit bureau et une bibliothèque en bois blanc, des murs peints en vert, une fenêtre étroite donnant peu de lumière. Le garçon était couché, le front bandé, la pommette gauche enflée.

À ses côtés, Eleonora Elope, assoupie.

Elle sursauta.

— Qui... Ah, c'est vous, inspecteur ! J'avais fini par m'endormir. J'ai donné un sédatif à Andrew, il ne se réveillera pas avant midi.

— Désolée, inspecteur, triompha Sue England ; l'entretien ne pourra avoir lieu.

Higgins remarqua le regard apeuré, presque désemparé, d'Eleonora Elope.

— Je raccompagne Mme Elope, déclara Higgins d'un ton qui n'admettait pas de réplique.

Dans le hall, l'ex-inspecteur-chef éprouva la même sensation de malaise que lors de sa précédente visite. Au moment où le domestique lourdaud ouvrit la porte, Reginald-John England interpella l'homme du Yard.

— Avez-vous vu mon fils ?

— Il dort.

— J'aimerais que nous déjeunions ensemble.

— Pourquoi pas ?

— À treize heures, au Great American Disaster, à Beauchamp Place. C'est tendance.

— Entendu. Venez, madame Elope.

L'ex-inspecteur-chef salua les England.

— Mon chauffeur vous raccompagne, proposa Reginald-John England.

— Trop aimable, refusa Higgins ; un taxi nous suffira.

*

* *

Lorsque le taxi roula, l'ex-inspecteur-chef laissa quelques minutes à l'épouse du chimiste pour recouvrer un peu de calme. Sortant un mouchoir de son sac à main, elle essuya quelques larmes.

— À présent, murmura Higgins, apaisant, dites-moi la vérité.

— 23 —

Eleonora Elope alluma une cigarette.

— Quelle vérité, inspecteur ? Il y a le bonheur et le malheur. On tombe d'un côté ou de l'autre, voilà tout.

— Le petit Andrew semble être tombé du mauvais côté. Comment s'est produit l'accident ?

La fumée envahit l'habitacle du taxi. Higgins abaissa sa vitre pour échapper à l'asphyxie.

— Les blessures sont plus spectaculaires que graves. Il sera vite sur pied.

— Vous n'avez pas répondu à ma question, madame Elope. Comment s'est produit… l'accident ?

Eleonora Elope avait perdu la gaieté naturelle qui lui donnait un certain charme. Sévère, fatiguée, elle accusait le poids des ans et lutta pour retenir de nouvelles larmes.

— Andrew est tombé dans l'escalier. Une mauvaise chute.

— Pourquoi Sue England vous a-t-elle appelée, vous, et pas un médecin ?

— Je… je sais m'occuper d'Andrew. Nous nous aimons bien.

Les encombrements londoniens ne cessaient de s'accentuer, et le taxi manœuvrait avec habileté pour éviter d'être coincé entre deux autobus. Se frayer un chemin devenait un exploit.

— Je vois les choses autrement, dit Higgins d'une voix rassurante. Je crois qu'Andrew a été battu par son père ou par sa mère. Ni l'un ni l'autre ne lui portent une affection particulière ; ils ont fait appel à vous pour éviter qu'un médecin ne s'aperçoive de leur déplorable conduite. De plus, vous êtes toujours prête à leur rendre service, car vous aimez ce garçon comme votre propre fils. Je compte porter plainte ; martyriser un enfant est la plus vile des lâchetés.

Eleonora Elope, affolée, se tourna vers Higgins.

— Je vous en supplie, inspecteur, n'intervenez pas.

Elle écrasa sa cigarette dans un cendrier et, fébrilement, en alluma une autre.

— Andrew n'est pas un enfant martyr ; c'est la première fois que son père le bat.

— Que s'est-il passé ?

Eleonora Elope baissa les yeux.

— Au cours du dîner, Andrew a contesté l'autorité de son père en affirmant qu'il ne détenait pas la vérité absolue. Cela, Reginald-John ne peut pas le supporter ! Il a toujours raison, et l'attitude de son fils a déclenché une violente colère. Il l'a frappé.

— Quelle a été l'attitude de Mme England ?

— J'aimerais ne pas répondre à cette question.

— Le moindre élément peut permettre de comprendre pourquoi sir Francis a été assassiné.

— Quel rapport établir entre l'éducation d'Andrew et la mort de sir Francis ? Ça n'a aucun sens !

— La mort de sir Francis n'a aucun sens… Tant que nous n'aurons pas découvert le mobile, aucune piste n'est négligeable. Terrorisée par la violence de son mari, Mme England n'a-t-elle pas tenté de s'interposer ?

Eleonora Elope tira deux bouffées qui dégagèrent une abondante fumée. Higgins abaissa davantage la vitre ; l'air londonien ne valait malheureusement guère mieux.

— Vous me faites jouer un rôle affreux, inspecteur. J'ai l'impression d'être une moucharde !

— Ce rôle, ce sont les England qui vous l'ont attribué.

— Je l'ai accepté, pour Andrew. Je n'ai pas eu d'enfants. Il a besoin d'amour et je lui donne le mien.

— Et sa véritable mère ?

Eleonora Elope devint glaciale.

— Andrew est le fils de Reginald-John ; pendant la correction, Sue lisait *Vogue*. Elle est la femme la plus douée d'Angleterre pour imiter les robes des grands couturiers.

Comme brisée par ces propos, Eleonora Elope ne prononça plus un seul mot jusqu'à ce que le taxi la dépose devant chez elle.

*

* *

À dix heures sept, Higgins fut introduit dans l'immense et somptueux bureau de son ami Watson B. Petticott.

La Banque d'Angleterre était un sanctuaire infranchissable pour qui ignorait les mots de passe. Ce n'était pas le cas de l'ex-inspecteur-chef, que Petticott accueillit avec une joie sans mélange.

— Encore une journée banale, annonça-t-il à Higgins : réunion de travail avec les dirigeants du Fonds monétaire international, déjeuner avec le Premier ministre, puis audition d'interminables rapports des délégués au commerce extérieur... Toi, au moins, tu as de la chance ! Avec tes meurtres, tu as toujours du nouveau !

— As-tu découvert un élément intéressant ?

— En m'appelant à sept heures du matin, tu m'as accordé un délai largement suffisant pour décrypter la situation financière d'England and England. Mme England est la fille unique d'un industriel luxembourgeois milliardaire et a épousé un ancien camionneur, Reginald-John. Il se vante toujours d'avoir été près du peuple, d'avoir porté des colis et conduit des camions. En réalité, c'est un fils de petits bourgeois qui a réussi son mariage et le parvenu type qui cherche à suivre les traces de son épouse. À qui veut l'entendre, il déclare qu'il s'est fait lui-même et qu'il a développé seul une formidable entreprise de transport ; la réalité est sensiblement différente. En devenant manager général, il a conçu des investissements catastrophiques et dilapidé une grande partie de la fortune de sa femme. England and Co. a failli sombrer. Heureusement pour lui, Reginald-John England a bénéficié d'une caution bancaire qui lui a permis de conserver la confiance des milieux d'affaires. Je te donne en mille le nom de celui qui lui a accordé cette caution...

Higgins avait une petite idée, mais le bon goût et l'amitié exigeaient qu'il ne coupât point l'effet de surprise.

— Sir Francis Branir ! révéla le banquier ; cette caution était toute symbolique et d'ordre purement moral. Sue England disposait des fonds nécessaires pour remettre l'entreprise à flot, pas sir Francis. Mais son intervention, dénuée de tout intérêt sordide, a retourné l'opinion de quelques personnages haut placés en faveur de Reginald-John. Son épouse a profité de l'occasion pour créer une société nouvelle, England and England, dont elle a pris la direction. Reginald-John n'a pas été déchu de ses titres, mais c'est elle qui s'est chargée des finances. Lui s'occupe des relations publiques et des déjeuners d'affaires ; ses principales qualités sont un excellent coup de fourchette et une remarquable résistance à l'alcool. Il est célèbre pour achever les repas par de l'eau-de-vie fabriquée avec ses prunes personnelles ; elle est si raide que ses interlocuteurs signent les contrats dans un total brouillard intellectuel.

— Comment se porte England and England aujourd'hui ?

— Beaucoup de contrats avec l'État, des organismes publics et d'importantes firmes privées. Elle transporte une grande variété de produits, des plus fragiles aux plus lourds ; c'est une entreprise qui compte dans le paysage économique.

— Comment England est-il considéré par l'establishment ?

— Comme le parvenu qu'il est, Higgins ; il a accumulé tant de distinctions honorifiques qu'on ne sait plus laquelle lui donner ; ces derniers temps, il s'est lancé dans les œuvres charitables. Une idée de Sue : cela allège la masse d'impôts à payer.

— Crois-tu les England capables de manœuvres frauduleuses ?

— Difficile à dire. Reginald-John est si entiché de sa respectabilité qu'il y regardera à deux fois avant de commettre une malversation. Sa femme a une vue plutôt limitée, ce qui n'enlève rien à ses qualités de technicienne financière.

Higgins referma son carnet noir, sur lequel il avait pris de nombreuses notes.

— 24 —

Le Foundling Hospital avait été l'un des lieux les mieux fréquentés de Londres au XVIIIe siècle. Le grand Haendel avait été associé à la fondation de cette œuvre de charité, dont les locaux étaient, en partie, devenus des galeries d'exposition pour les peintres ; le Court Room, après la démolition de l'hôpital, avait été reconstitué dans un immeuble moderne sis près de Brunswick Square.

Si le caractère surprenant de l'ancien édifice, mêlant le tragique d'un hôpital aux charmes de l'art, avait disparu, subsistait néanmoins une collection comprenant quelques belles pièces : une vue de Tottenham Court Road par Hogarth, le *Portrait du capitaine Coram*, fondateur de l'hôpital, par le même peintre, une ravissante toile du jeune Gainsborough et un buste de Georg Friedrich Haendel, l'Allemand sans qui la musique anglaise aurait été la parente pauvre de l'Europe des Lumières. Le plus délicat souvenir de ce musée très original était sans nul doute le bol à punch de Hogarth ; selon les mauvaises langues, il l'avait utilisé autant que ses pinceaux et y puisait une inspiration nettement plus chaleureuse que celle que lui donnait la contemplation de la nature.

Higgins fut reçu par le conservateur, un diplômé d'Oxford, facilement identifiable à son accent beaucoup plus snob que celui de Cambridge.

— Je suis impressionné d'accueillir Scotland Yard en cet endroit voué à la culture, déclara-t-il, un peu guindé. Aurais-je commis quelque délit ?

Costume gris trois-pièces, cravate rouge aux armes d'Oxford, le conservateur possédait une distinction surannée convenant à sa fonction.

— Je mène une enquête de routine et j'aurais besoin de quelques renseignements... Mais pas avant d'avoir vu le chef-d'œuvre que le monde entier vous envie.

— *La Marche des gardes* de Hogarth ?

— Exactement, approuva Higgins, qui avait plutôt songé au bol à punch.

Discuter devant un tableau détendit un peu le conservateur, qui se montra moins réservé que derrière son bureau. Il disserta longuement sur le classicisme de Hogarth, son sens de la couleur dramatique, sa vision de l'Angleterre éternelle.

— M. Elope est un fervent admirateur de Hogarth, avança Higgins.

Le conservateur fronça les sourcils.

— Freddy Elope ? Notre chimiste conservateur ?

— Un excellent professionnel, n'est-ce pas ?

— Excellent, en effet ; quand sir Francis Branir me l'a recommandé, je n'ai pas hésité un instant à l'engager. Un tel appui... Et je n'ai pas regretté ma décision ! Freddy Elope n'est guère bavard, il est vrai ; je ne suis pas certain d'avoir entendu d'autres mots que « oui » et « non » sortir de sa bouche. Mais il est minutieux, précis, et n'a jamais commis la moindre erreur.

— Vous a-t-il parlé des tableaux de sir Francis ?

— Il peint ? s'étonna le conservateur. Je l'ignorais ! Lors de notre prochaine rencontre, je lui demanderai l'autorisation de voir ses toiles.

— Ce ne sera pas facile.

— Détrompez-vous, inspecteur ; j'entretiens les meilleures relations avec sir Francis.

— Lisez-vous les journaux ? interrogea Higgins.

— Jamais, répondit le conservateur ; je ne m'intéresse qu'au passé.

— M. Elope travaille-t-il dans un laboratoire ?

— À l'étage inférieur ; si vous désirez le voir, il faudra attendre la fin de la semaine. Vendredi dernier, Elope m'a demandé l'autorisation d'assister à un congrès consacré à la paix mondiale ; c'est un militant convaincu.

Le conservateur décrivit avec lyrisme l'*Entrée de la Chartreuse* peinte par Gainsborough. Fraîcheur, spontanéité, jeunesse... Quoi de plus séduisant, quoi de moins académique ?

— Une galerie comme la vôtre mériterait l'attention de généreux donateurs, estima Higgins.

— Mais nous en avons un : Reginald-John England, le patron d'une grande société. C'est Elope qui me l'a présenté. Il nous a offert une somme importante, et j'espère qu'il renouvellera ce don l'an prochain.

— M. England est donc un grand amateur d'art.

— En réalité, je ne l'ai vu qu'une fois : lorsqu'il m'a apporté le chèque.

— M. Elope était-il en sa compagnie ?

— Oui. C'est même la seule fois où Freddy Elope a prononcé quelques phrases. Je m'en souviens à présent : il s'agissait d'un éloge appuyé de M. England. Ce dernier semblait fasciner Elope ; une sorte de... vénération.

— Un conseil : lisez les journaux à partir de mercredi ; vous aurez des nouvelles d'un passé très récent.

★

★ ★

Le Great American Disaster, sur Beauchamp Place, n'était pas l'un des restaurants que fréquentait volontiers Higgins. Cadre moderne, hommes d'affaires, jeunes loups de la haute société, quelques intellectuels, dont un personnage entièrement vêtu de cuir noir.

Reginald-John England se leva dès qu'il vit entrer Higgins, et le guida jusqu'à la table qu'il avait réservée.

— Mes félicitations pour votre ponctualité, inspecteur ; c'est une qualité qui se perd. Vous verrez, la nourriture est excellente. Maître d'hôtel ! Deux coupes de champagne. Vous me faites confiance, inspecteur ? J'ai choisi un menu qui vous plaira.

Un serveur posa sur la table des assiettes contenant des coquilles Saint-Jacques au madère et une bouteille de muscadet.

— Un vin français qui vous réveillerait un mort, commenta Reginald-John England.

— Pas sir Francis Branir, hélas !

— Quel triste événement, inspecteur. Aucun de ses amis ne s'en remettra. Le temps atténuera la peine, mais ne l'effacera pas. Seule la justice, une fois rendue, nous apaisera. Mais la vie continue, et la vie, c'est le mouvement ! Est-ce que votre enquête avance ?

— À son rythme, monsieur England.

— Impossible de trouver le rôdeur, évidemment.

— Un fait troublant retient l'attention : M. Dean a été le premier témoin sur les lieux du drame. Il a manipulé l'arme du crime qu'il avait lui-même réparée, la rendant efficace et dangereuse.

— Vous n'allez pas soupçonner ce pauvre Jasper de meurtre !

Reginald-John ne jeta pas un œil au salmis de cailles nappé d'une confiture de fraises que le maître d'hôtel déposa devant les convives.

— Mes amis Jasper, Ernie et Freddy ont un point commun : ils ne feraient pas de mal à une mouche, assura le transporteur. Freddy et moi avons été scouts ensemble ; il rendait service à tout le monde. Pas bavard, je vous l'accorde, mais dévoué et serviable.

— Vous êtes indirectement son employeur, précisa Higgins.

— De quelle manière ?

— Par les fonds que vous versez au Foundling Hospital.

— Ah, vous êtes au courant ! Je n'aime pas trop la publicité autour des actions charitables. Enfin, c'est vrai ; mais Freddy n'a pas besoin de moi pour vivre à l'aise. C'est un excellent chimiste.

— Il vous admire beaucoup.

— N'exagérons rien ! J'ai été son chef scout et nous nous entendons bien depuis toujours ; j'ai mieux réussi que lui, c'est indéniable, mais il n'est pas jaloux. Pour revenir à Jasper Dean, c'est un homme droit comme un I, et son existence est un parcours sans faute... À l'exception de sa femme, Ruth. Quelle pimbêche ! Jamais un sourire, froide comme de la glace. Elle le réduit souvent à l'état de petit garçon.

— A-t-elle eu des comportements... que la morale réprouverait ?

— Elle ? Vous voulez rire, inspecteur ! Aucune originalité, vêtements passe-partout, régime diététique. Mon vieux copain Ernie n'est pas mieux loti, notez bien.

Le salmis de cailles ne devait pas être une spécialité du chef ; la confiture de fraises lui était nettement supérieure, bien qu'elle pâtît d'un arrière-goût superficiel. Quant au muscadet, il avait assez mal supporté la traversée du Channel.

— Mme Jenssens m'était pourtant apparue comme une personne charmante.

— Charmante, Hanna ? Une hystérique, oui ! Avec sa musique de folle et ses gris-gris, elle me ferait presque peur ; et d'une jalousie féroce, avec ça ! Elle ne laisse jamais en paix ce malheureux Ernie. Il est contraint de respecter des horaires rigoureux, qu'il s'agisse de se lever, de déjeuner, de sortir ou de… enfin, vous me comprenez. C'est un saint, cet homme-là ! Avec sa sensibilité, je me demande comment il peut la supporter depuis tant d'années.

— M. Elope semble avoir plus de chance que vos deux autres amis.

Reginald-John England mangeait et buvait avec rapidité. L'arrivée d'un fromage blanc à la menthe n'éveilla pas l'appétit de l'ex-inspecteur-chef.

— Eleonora est une drôle de bonne femme, jugea le transporteur, elle a été la secrétaire de ma femme, mais elle manque d'envergure, comme Freddy, d'ailleurs. Ce sont d'honnêtes petits bourgeois. J'étais heureux d'associer Freddy à la rénovation du club Tradition. Ça l'a sorti de son milieu, il a fréquenté des gens plus huppés que lui. J'ai pu conforter sa place au Foundling Hospital et je ne désespère pas de le faire entrer au Rotary. Si Eleonora le laisse faire…

— L'empêche-t-elle à ce point de choisir son mode d'existence ?

— C'est une castratrice ; sous ses dehors aimables, une femme redoutable et têtue ! Aucun moyen de lui faire changer d'avis. Et intoxiquée… Plus de deux paquets de cigarettes par jour. Aucune volonté ; moi, j'ai réussi à m'arrêter de fumer et je ne supporte plus la tabagie. Ma femme a dû se séparer d'Eleonora parce qu'elle ne correspondait plus au profil du poste ; nous avons besoin d'un personnel plus représentatif.

L'île flottante, que Reginald-John absorba à coups de cuillère nerveux, inquiéta Higgins par la blancheur excessive de son teint et le jaune trop agressif du liquide baignant ses côtes.

— Je suppose qu'à la suite du renvoi d'Eleonora Elope vos relations avec son mari se sont quelque peu détériorées.

— Pas du tout, inspecteur ; nos deux épouses sont restées très amies.

— À cause du petit Andrew ?

— Entre autres choses. Sue et moi avons le sens de la famille. C'est la plus grande des valeurs humaines ; la famille et l'entreprise, voilà la vérité, inspecteur ! Croyez-en mon expérience. Il faudra que je vous fasse visiter mon entreprise, c'est passionnant. J'ai tout organisé moi-même. Demain, les transports England seront l'une des premières firmes de ce pays. Pardonnez-moi de vous quitter ; un rendez-vous urgent. Le business n'attend pas ; et la vie, c'est le mouvement !

Reginald-John bouscula le maître d'hôtel sans s'excuser et quitta le Great American Disaster.

Higgins repoussa la tasse de café dans laquelle il avait eu le tort de tremper ses lèvres. Il était faisandé, comme le reste.

— 25 —

La montre de Higgins marquait un peu plus de quatorze heures quand il salua le bobby de faction devant l'entrée du club Tradition.

La porte d'entrée s'ouvrit sur un Scott Marlow furibond.

— Où étiez-vous passé, Higgins ?

— Disposez-vous d'éléments nouveaux, superintendant ?

— Jasper Dean reste mon meilleur suspect.

Les deux hommes s'installèrent dans la bibliothèque où Christopher travaillait, toujours aussi concentré et indifférent au monde extérieur.

— Avez-vous les photos prises par les techniciens de la police scientifique ? demanda Higgins ; j'aimerais voir la position dans laquelle a été retrouvé le corps.

— Les meilleurs analystes du Yard les ont examinées, Higgins ; elles ne nous apprennent pas grand-chose, sinon que sir Francis Branir a été frappé dans le dos à quatre reprises et qu'il s'est affalé sur le piano.

Le cadavre avait été photographié sous tous les angles ; dans la mort, le maître de Tradition avait gardé une surprenante dignité.

— Qu'en concluez-vous, Higgins ?

— Puis-je conserver celle-ci ?

La photographie ne montrait que le buste de la victime et la position des bras. Le droit pendait le long du corps ; on ne voyait pas la main. Le gauche, comme cassé, gisait sur le clavier.

— Bizarre.

— Quoi donc, Higgins ?

— Je ne sais pas ; je suis pressé.

— Où courez-vous encore ?

— Ah... Un détail qui pourrait vous intéresser. J'ai identifié un fondé de pouvoir, un certain Jacob Berner qui s'est présenté à la victime sous un faux nom pour tenter de lui acheter le club.

Scott Marlow fronça les sourcils.

— Un faux nom ? Qu'est-ce que ça signifie ?

— Ce Berner souhaitait être discret.

— A-t-il un alibi pour le soir du crime ?

— À vrai dire... non.

Le souffle manqua au superintendant.

— Et vous me dites ça maintenant ! Avait-il intérêt à tuer sir Francis Branir ?

— D'une certaine manière. Sa carrière risque d'être compromise par son échec.

— C'est un excellent mobile ! Un type qui utilise un faux nom a forcément beaucoup à cacher. Donnez-moi son adresse, je l'arrête.

Higgins la chercha dans son carnet noir et la procura à Marlow.

— N'est-ce pas un peu précipité, superintendant ? Berner n'a pas d'alibi, mais nous n'avons pas de preuves.

— Je préfère tenir que courir ; avec un gaillard de cet acabit-là, j'aurai un criminel présentable ! Et si Berner n'est pas l'assassin, il est complice. Je le ferai parler, et je vous jure que cette affaire sera bientôt résolue.

Higgins se prépara un café dans la cuisine, où apparut Ernie Jenssens.

— Vous revoilà, inspecteur ! bougonna-t-il de sa voix rocailleuse. Bonne chasse ?

— Quelques pièces du puzzle. Comment vous sentez-vous ?

— J'ai dormi comme une souche.

— Quand regagnerez-vous votre foyer ?

— D'ici deux à trois jours, inspecteur... Quand Hanna sera calmée. Je ne tiens pas à subir de mauvais traitements, et le club est un havre de paix.

Lorsque Higgins, un quart d'heure plus tard, monta dans un taxi pour se rendre à l'atelier de Jasper Dean, une petite voiture noire décolla du trottoir et le prit en filature.

*

* *

Situé non loin de Smithfield Market, l'atelier de Jasper Dean occupait un immeuble d'apparence bourgeoise. Près de l'entrée était apposée une plaque : *Tourisme social*. Higgins sonna, une secrétaire pimpante lui ouvrit.

— Nous ne travaillons pas avec les particuliers, et...

— Scotland Yard. Prévenez M. Dean que l'inspecteur Higgins désire le voir.

Sous l'œil d'une caméra de surveillance, la secrétaire fit venir un homme armé qui conduisit Higgins au bureau de Jasper Dean, une vaste pièce ressemblant à un musée où, sur des étagères et derrière des vitrines, étaient exposées des armes anciennes.

— Inspecteur ! Je ne vous attendais pas.

Higgins regarda de droite et de gauche.

— Vous admirez mes collections... Amateur d'armes ?

— Je n'en ai jamais porté.

— Je vous comprends. Moi aussi, je suis un apôtre de la non-violence. *Qui fait périr par l'épée périra par l'épée*, dit l'Écriture ; elle a raison, comme toujours. Si les hommes l'écoutaient davantage, ils commettraient moins de folies.

— Cet endroit est protégé comme une forteresse.

— Quelques précautions élémentaires, précisa le fabricant d'armes de sa curieuse voix éraillée ; c'est ici que mon bureau d'études a été installé. Comme il travaille pour l'État, une certaine discrétion est de rigueur.

— Vous occupez-vous uniquement de la conception d'armes, monsieur Dean ?

— C'est largement suffisant ! À d'autres l'industrialisation et la commercialisation.

— Vous fabriquez tout de même des prototypes ?

— Pour les armes légères, oui.

— Et vous les livrez au ministère pour expertise ?

— Vous êtes remarquablement renseigné !

— Qui assure ce transport très spécial ?

— Mon ami England. Y aurait-il un problème ?

Pistolets, revolvers, fusils et même tromblons composaient le décor quotidien où travaillait Jasper Dean. Entre les armoires vitrées, des sous-verre contenant des psaumes bibliques.

— Comment se déroulent vos tractations avec les autorités de l'Église anglicane ?

— Plutôt bien, répondit Jasper Dean ; je suis certain que ma croisade aboutira. Dieu nous guide, inspecteur.

— Le transporteur, est-ce vous qui l'avez choisi ou l'État vous l'a-t-il imposé ?

La question de Higgins lui fit l'effet d'un coup de poing, et Jasper Dean ressembla brusquement à un boxeur groggy. Il ouvrit une armoire, à droite de son bureau, y préleva une boîte contenant des pilules roses et en avala deux. Deux minutes furent nécessaires pour qu'il recouvre un peu de calme.

— Le mensonge est un péché. Dieu est témoin que je me conforme à ses préceptes. Autant vous dire une vérité que vous auriez découverte, de toute façon : mon entreprise est presque déficitaire. Si je n'avais pas l'État comme client, j'aurais fait faillite depuis longtemps. Or, les contacts avec les organismes officiels, c'est Reginald-John qui les a, pas moi ; s'il me retirait son appui, ce serait la ruine.

— Pourquoi agirait-il ainsi ?

Jasper Dean gratta son grand nez busqué.

— Nous sommes de vieux amis, il est vrai ; mais Reginald-John est parfois pénible à supporter, surtout quand il se prend pour Dieu le Père ! Il veut être le chef, il veut seulement...

— Qu'est-ce qui provoque votre inquiétude ?

— Sa femme, Sue. Chez England and England, c'est elle qui commande parce qu'elle tient les cordons de la bourse. Reginald-John est un petit garçon devant elle ; alors, il faut bien qu'il compense. Il y a les réunions de famille du week-end, imposées aux plus lointains cousins ; Sue laisse Reginald-John les présider, mais elle le marque de près. Heureusement pour lui, il y a les déjeuners d'affaires où il réussit à faire croire à leurs futurs clients qu'il est le grand chef. Après, ils passent entre les mains de Sue.

Higgins s'arrêta devant un sous-verre abritant un parchemin où avaient été inscrites les paroles de l'Ecclésiaste : *Vanité des vanités, tout n'est que vanité.*

— Quand vous avez fondé le club dans sa nouvelle formule, interrogea l'inspecteur-chef, l'un de vous quatre a-t-il contesté l'autorité de sir Francis Branir ?

— Pas le moins du monde. Moi, je l'admirais ; c'était un juste au regard de Dieu. Mon vieux copain Ernie me suivait, et Reginald-John craignait Francis. Freddy, comme d'habitude, avait la même opinion que Reginald-John, son ancien chef scout. Nous avons donc désigné Francis comme président à vie de

Tradition en lui laissant toute liberté de manœuvre, et nous n'avons pas eu à le regretter. Nos investissements ne pouvaient être mieux placés.

— Qui va diriger le club de manière effective ?

— Je l'ignore, nous n'y avons pas encore pensé. Une direction collégiale assurera l'intérim ; puis il faudra élire un nouveau président. Les candidats ne vont pas se bousculer, nous sommes tous les quatre beaucoup trop occupés. Il faudra prendre quelqu'un de représentatif. Qui peut avoir été assez fou pour assassiner Francis ?

— 26 —

Il était dix-sept heures trente-deux lorsque Higgins pénétra dans un immeuble vieillot de Coptic Street, non loin du British Museum. Pas d'ascenseur. Il grimpa jusqu'au dernier étage, constatant avec plaisir que son arthrose du genou le laissait en paix. La grippe, en revanche, poursuivait ses ravages sournois ; l'atmosphère polluée de Londres et son cortège de virus devenaient de plus en plus difficiles à combattre. Quatre nouveaux grains d'*Influenzinum* permettraient à l'homme du Yard de poursuivre son marathon.

La porte à laquelle il frappa était ornée d'une carte de visite fixée avec une punaise. Elle annonçait que l'occupant de l'appartement était Son Éminence l'évêque Mercurios, patriarche copte d'Hermopolis.

Une jeune fille au teint fortement hâlé et au gracieux sourire entrebâilla la porte.

— Son Éminence est-elle visible ?

— De la part de qui ?

— Scotland Yard.

Le sourire de la jeune fille se figea.

— La police ? Mais…

— Rassurez-vous, mademoiselle ; je désire un simple renseignement technique.

— Entrez, inspecteur. Je vais voir si Son Éminence peut vous accorder un entretien.

L'appartement de l'évêque d'Hermopolis était un véritable sanctuaire, rempli d'images pieuses, de crucifix, de livres saints écrits en copte. Un délicat parfum d'encens charmait les narines. On était brusquement transporté hors de Londres, dans une sorte de grotte où l'apparition du Christ n'aurait guère surpris.

Ce fut la servante de Son Éminence qui réapparut. Elle introduisit l'ex-inspecteur-chef dans une pièce sombre qu'éclairaient cinq grandes bougies. Sur un trône siégeait l'évêque Mercurios, vêtu d'une robe noire.

— Votre Éminence est bien bonne de me recevoir aussi promptement, déclara Higgins.

— Aider la police de Sa Majesté est un devoir sacré.

— Chacun sait que vous êtes le meilleur expert en magie de ce côté du Channel. J'aimerais avoir votre avis sur la fonction d'un objet. En voici le dessin.

Higgins ouvrit son carnet à la page où il avait croqué avec précision la croix retrouvée sur les lieux du crime.

Sans cérémonie, Son Éminence se tâta le menton.

— Vous avez reproduit exactement les entailles, inspecteur ?

— Exactement.

— La croix est-elle de couleur rouge ?

— En effet.

— Sauriez-vous si, à un moment ou à un autre, elle a été placée sur la main ou le pied gauche d'un individu de sexe masculin ?

— Le pied.

— Ne cherchez plus, inspecteur : il s'agit d'une croix de désenvoûtement. Fabrication douteuse, efficacité non garantie. Du travail d'amateur. En tout cas, ça ne provient pas d'une officine sérieuse.

— Que Votre Éminence soit remerciée au nom de Sa Majesté.

— Et que Dieu continue de veiller sur l'Angleterre, inspecteur.

*

* *

La nuit était tombée sur Londres. Big Ben marquait sept heures du soir. Au sommet de la tour abritant la plus célèbre horloge du monde brillait une lumière indiquant que le Parlement était en session. Higgins, de son côté, retourna dans le quartier de Soho pour y rencontrer de nouveau Hanna Jenssens.

Cette dernière n'était plus couchée en travers de la porte, mais écoutait encore *Les Maîtres chanteurs* de Richard Wagner en buvant du thé et en dégustant des scones. Elle reçut fort aimablement Higgins, non sans s'être cognée dans un fauteuil mal placé que sa myopie ne lui avait pas permis de détecter.

— Avez-vous retrouvé mon mari, inspecteur ?

— Il est en sécurité, chère madame. Un léger refroidissement l'empêche de se déplacer, mais il vous reviendra très prochainement. C'était la bonne nouvelle que je venais vous apporter.

— Tant mieux, déclara-t-elle de sa voix aiguë et mordante. Je craignais que Sue ne lui ait mis le grappin dessus.

— Mme England ? s'étonna Higgins. Une femme d'affaires si respectable ?

— Hmmm... Elle me hait, mais je la hais aussi !

— Les England forment un couple très uni, m'a-t-il semblé.

— C'est ça, c'est ça... N'empêche...

La petite femme vêtue de brun se mit à siffloter un air de *La Walkyrie*, se rendant d'ailleurs coupable de plusieurs fausses notes et d'un manque absolu de mesure.

— Vous en savez long, madame Jenssens ; une femme aussi perspicace que vous ne peut garder pour elle ses découvertes.

Le sifflotement cessa.

— C'est vrai ? Vous me jugez perspicace ?

— Il n'y a pas de meilleur terme.

— Alors, je vais vous dire : Sue England s'était amourachée de sir Francis. Elle aurait bien lâché son Reginald-John... Mais ce vieux bourru de Francis l'a ignorée ! Elle lui a fait mille et une avances, il est resté de marbre. De vous à moi, il la prenait pour une idiote. Elle en a été vexée, vous n'imaginez pas à quel point ! Et si elle l'avait tué pour se venger ?

Hanna Jenssens jubilait. Wagner continuait à déployer ses déclamations que l'oreille mozartienne de Higgins supportait avec abnégation.

— Votre mari perd-il souvent ses boutons, madame Jenssens ?

— Sans arrêt, gémit-elle ; sur lui, ils ne tiennent pas. Il faut les recoudre dix fois par mois ; c'est pourquoi j'en glisse toujours un ou deux dans ses poches.

— Lors de la fouille à laquelle vous avez été soumise, poursuivit Higgins, le superintendant a trouvé sur vous une épingle dorée. À quel usage la destiniez-vous ?

La petite Hanna Jenssens se leva, raide et furieuse.

— Sortez immédiatement de chez moi !

*

* *

Higgins n'avait pas lutté, s'attendant à la réaction de l'épouse du chirurgien, qui ne l'avait pas autrement surpris. Rentrant dîner au club, il demeurait des plus sceptiques sur l'issue de son enquête. Il suivait un chemin, allait jusqu'au bout, croyait découvrir un élément important et s'en revenait déçu. Les pièces du puzzle ne s'emboîtaient pas les unes dans les autres, il n'y avait aucune logique dans cette affaire.

Demeurait un témoin essentiel que Higgins n'avait pas encore suffisamment interrogé : sir Francis Branir lui-même.

— 27 —

À vingt heures, Higgins et Scott Marlow dînèrent en tête à tête dans la cuisine du club. Ernie Jenssens, se plaignant d'une douloureuse migraine, était monté se coucher. Christopher, qui s'était contenté d'un rapide en-cas, travaillait dans la bibliothèque.

Higgins avait lu et relu le rapport du médecin légiste.

— Un doute sur l'heure de la mort ?

— C'est sur la puissance et la précision des coups que je m'interrogeais. Un très précis et mortel, dans le dos ; un autre mortel, mais porté au hasard, semble-t-il ; les deux autres moins violents. Quatre blessures pour un meurtre : voilà ce qu'il nous faut déchiffrer.

Marlow mastiqua avec entrain un sandwich au pâté de canard, arrosé d'un bourbon passable.

— Je reconnais que la reconstitution du meurtre ne sera pas aisée, mais l'important est d'avoir un suspect. J'ai fait arrêter le banquier qui aime tant se promener sous un faux nom : pas le moindre alibi pour l'heure du crime. Le fait est là, Higgins.

— Votre suspect a-t-il parlé ?

— Ce Jacob Berner est têtu et il nie toute participation au crime.

*
* *

Il était un peu plus de vingt et une heures lorsque Eleonora Elope servit à l'ex-inspecteur-chef une tisane de fleur d'oranger ; assis devant le feu, Freddy Elope leur tournait le dos, lisant une revue spécialisée consacrée aux produits chimiques employés pour restaurer les œuvres d'art.

— Comment va le petit Andrew ?

— Bien, inspecteur ; j'ai passé l'après-midi avec lui. Il m'a juré qu'il ne critiquerait plus son père. Tout va s'arranger.

— Lors de la fouille pratiquée au club, on a retrouvé sur votre mari un gant en caoutchouc très fin. Étrange, non ?

— Pas du tout, inspecteur ! Il utilise quantité de gants semblables dans son travail ; c'est moi qui les lui achète. Il est si distrait qu'il en aura oublié un sur lui, même en sortant.

— C'est bien votre interprétation des faits, monsieur Elope ?

Le chimiste hocha affirmativement la tête sans cesser de lire.

— Avez-vous progressé, inspecteur ? s'enquit Eleonora Elope.

— Le Yard interroge un suspect, un banquier plutôt louche. Peut-être s'est-il introduit dans l'hôtel particulier pour y assassiner sir Francis ; il nous reste à le prouver. Merci pour cette excellente tisane, je vous laisse… Ah ! Une dernière question : comment s'est déroulé votre congrès en faveur de la paix dans le monde, monsieur Elope ?

— Bien, répondit Freddy Elope.

— Vous m'en voyez ravi ; passez une bonne soirée.

*

* *

Higgins entra dans le salon de musique un peu avant vingt-deux heures. Il s'assit devant le piano et ferma les yeux pendant de longues minutes ; c'était précisément à cet endroit que sir Francis Branir avait été assassiné. L'ex-inspecteur-chef se concentra. Il fallait qu'il revive, du moins partiellement, cet horrible moment.

Allumant la lumière, il regarda attentivement la photographie qu'il avait conservée.

Higgins souleva le couvercle du piano et prit l'attitude de la victime.

Alors, il comprit. Le sentiment d'incohérence qu'il avait éprouvé devant la posture du cadavre se dissipa. Sir Francis Branir aurait dû avoir la main droite posée sur le piano ; or, l'assassin avait fait pendre le bras droit dans le vide. Ne cherchait-il pas à dissimuler un ultime message que le maître de Tradition aurait transmis grâce à la position de ses doigts ?

Higgins se pencha sur les touches droites du piano, d'un ivoire magnifique, un peu usé. Un examen attentif lui permit de repérer une légère coloration brune sur trois touches, correspondant à un *ré*, un *fa* et un *fa* dièse. D'infimes traces de sang séché. Utilisant un mouchoir, Higgins enfonça les touches. Entre le *mi* et le *fa*, il décela ce qu'il crut d'abord être une poussière blanche ; il s'agissait plutôt d'une minuscule parcelle de tissu ou de quelque chose de semblable. L'ex-inspecteur-chef recueillit l'indice entre deux pages de son carnet.

Qu'avait voulu dire sir Francis en enfonçant ces touches-là ? Presque machinalement, l'ex-inspecteur-chef laissa courir ses doigts sur le clavier, égrenant les premières notes du mouvement lent du *Concerto n° 23* de Mozart.

Sans être un excellent pianiste, Higgins n'avait jamais produit de sons aussi laids. La qualité du piano ne pouvait être mise en cause ; un Steinway à queue aurait dû avoir une sonorité parfaite. L'ex-inspecteur-chef fit un nouvel essai, sur l'ensemble du clavier. Les sons les plus graves étaient corrects, mais le reste… On aurait juré que le piano était complètement désaccordé.

Il n'y avait qu'une seule explication possible : des corps étrangers dans les cordes.

Higgins souleva complètement le couvercle et scruta l'intérieur du piano.

La trouvaille avait de quoi le satisfaire ! Des bijoux, des portefeuilles, des sacs à main, des montres, des carnets de chèques, deux liasses de billets de banque. Higgins les étala sur le tapis.

Un rapide examen lui prouva qu'il s'agissait bien des objets volés aux fondateurs du club Tradition et à leurs épouses. Les bijoux, bagues, clips et colliers, étaient de qualité moyenne. Les portefeuilles ne contenaient que des papiers d'identité, des cartes professionnelles et un peu d'argent liquide. Dans les sacs à main des dames, rien de révélateur : produits de beauté, miroirs, également des pièces d'identité.

Un seul détail parut saugrenu à Higgins. La présence de deux biscuits fourrés, à moitié écrasés, au fond du sac de Mme Dean. Higgins goûta les miettes ; elles avaient un fort arôme de noix de coco.

Qui avait dissimulé ces objets dans cette cachette insolite ? Ou, plus précisément, qui avait pu les dissimuler ici ?

Tant de réponses étaient là, si claires, si lumineuses ! Le mécanisme du crime commençait à devenir enfin compréhensible. Il manquait encore des clés, mais l'ex-inspecteur-chef savait lesquelles et entrevoyait la manière dont il les trouverait.

⋆

⋆ ⋆

Christopher leva la tête lorsque Higgins pénétra dans la bibliothèque du club.

— Toujours au travail ?

— Il le faut bien, inspecteur. Le club doit continuer à vivre. Entre la comptabilité, la gestion du personnel et la préparation des prochaines soirées, je n'ai guère de loisir.

— Y a-t-il beaucoup de téléphones dans la maison ?

— Une bonne vingtaine de postes ; nos hôtes ont souvent besoin d'appeler. Il y a des appareils à tous les étages, car sir Francis avait horreur des portables et les interdisait à l'intérieur du club.

— Le soir du crime, avez-vous servi aux invités des biscuits fourrés à la noix de coco ?

— À la noix de... Non, inspecteur. Je suis sûr que non.

— Je suppose que le superintendant est rentré au Yard ?

— C'est ce qu'il m'a dit, en effet.

Higgins sortit de la bibliothèque et s'installa dans un des salons cossus et confortables où les membres du club lisaient le *Times* en paix. Après trois essais infructueux, en raison d'erreurs du standard à Scotland Yard, il obtint le bureau de Scott Marlow.

— J'ai du nouveau, annonça-t-il.

— Sur le banquier ?

— J'ai retrouvé les objets volés aux invités de sir Francis.

— J'arrive tout de suite.

Higgins raccrocha.

Une dizaine de minutes plus tard, alors qu'il se préparait une infusion au rhum blanc pour lutter contre la fièvre, le téléphone sonna.

Christopher vint le prévenir.

— C'est pour vous, inspecteur ; urgent et confidentiel. Désirez-vous prendre l'appel dans la bibliothèque ?

— Passez-le-moi dans le premier salon, à gauche du hall.

Quand l'ex-inspecteur-chef colla le récepteur à son oreille, il entendit une voix sourde et déformée. Impossible de savoir s'il s'agissait d'un homme ou d'une femme.

— Inspecteur Higgins... Venez immédiatement à Butler's Wharf, le bâtiment d'angle, au rez-de-chaussée. Je vous reconnaîtrai. Si vous voulez savoir la vérité sur la mort de sir Francis, ne perdez pas une seconde. Je n'attendrai pas.

Higgins ne pouvait patienter jusqu'à l'arrivée de Scott Marlow. Son imperméable sur le bras, il quitta le club en courant ; il eut la chance de trouver très vite un taxi.

— Butler's Wharf, indiqua-t-il en claquant la porte.

Le chauffeur se retourna, dévisageant son client.

— On ne va plus jamais jusque-là, c'est interdit. On démolit. Vous risqueriez de recevoir une poutrelle ou des briques sur la tête.

— Déposez-moi au plus près.

Le taxi démarra, s'enfonçant dans la nuit neigeuse.

— 28 —

Butler's Wharf était l'un des endroits les plus sinistres des quais de la Tamise, le brouillard cachait les grues, les entrepôts et les tas de charbon. Émergeant de l'ombre, des immeubles de brique aux vitres brisées dressaient leurs squelettes au bord de l'eau, vers laquelle descendaient des escaliers aux marches glissantes. Bientôt, ces lieux sinistres ne seraient plus qu'un souvenir, si l'on en croyait les édiles londoniens et leur programme de grands travaux.

L'ex-inspecteur-chef se glissa sous une passerelle métallique que des rafales de vent faisaient grincer. Il faillit heurter un réverbère cassé en deux et s'engagea dans une ruelle étroite.

Un bruit de pas l'alerta. Il s'arrêta quelques secondes, écouta. D'autres bruits, indistincts, traversèrent la nuit.

Higgins parvint au lieu du rendez-vous.

L'immeuble d'angle menaçait ruine, l'entrée était encombrée de gravats, de détritus et de briques cassées.

L'ex-inspecteur-chef enjamba l'obstacle et s'aventura au rez-de-chaussée, dont le sol était jonché de débris.

— Je suis là, dit Higgins d'une voix forte.

Une bourrasque brisa l'un des derniers carreaux encore en place.

— Je suis là, répéta Higgins. Montrez-vous.

— Attention ! hurla une voix puissante. Couchez-vous !

Higgins obéit sans réfléchir, passant outre à la douleur qui enflamma ses genoux. Un effroyable vacarme emplit l'espace empuanti de l'immeuble désaffecté.

Une main charitable aida Higgins à se relever.

Celle de la vieille clocharde qui résidait d'ordinaire sur la bouche de chaleur près du club Tradition.

— Je vais vous conduire à travers ce nuage de poussière, dit-elle. Ce n'est pas un endroit pour vous, ça...

La clocharde guida Higgins jusqu'à un brasero autour duquel étaient groupés plusieurs sans domicile fixe.

— Dès que vous êtes entré sur notre territoire, nous vous avons suivi, expliqua-t-elle, et je crois que ça vous a sauvé la vie. On a repéré un type qui courait sur les passerelles là-haut. D'après mes gars, il a tenté de vous écrabouiller sous une énorme boule de fonte. Vous l'avez échappé belle.

— Sans vouloir paraître trop exigeant, puis-je vous demander si vous auriez une description, même vague ?

La clocharde se dressa du haut de sa fierté, sa bande de fidèles derrière elle.

— Vous connaissez mal mes camarades, inspecteur ! Pour tenir dans ce froid, il faut boire ; et boire beaucoup. Quand les humeurs sont réchauffées, le froid attaque moins la peau. L'ennui, c'est que la vue se trouble. Approchez-vous du brasero, et buvez un coup ; ça vous remontera.

Higgins n'identifia pas le breuvage.

— On vous a suivi, inspecteur. Quelqu'un dont la voiture s'est garée devant la bouche de chaleur, derrière votre taxi. Un type avec des lunettes noires et une casquette rabattue sur les oreilles. J'aimais bien le bonhomme qui a été trucidé et je vous aime bien aussi. Si on cherche à vous refroidir, c'est que vous avez découvert l'assassin.

⋆

⋆ ⋆

De retour au club Tradition, tard dans la nuit, Higgins fut accueilli par un Scott Marlow agité.

— Où aviez-vous disparu ? Je m'apprêtais à vous faire rechercher !

— Pourriez-vous composer ce numéro sur votre portable ? C'est très urgent.

Le superintendant s'exécuta et passa l'appareil à Higgins qui échangea quelques mots avec sa correspondante.

Il raccrocha, soucieux.

— Fâcheux contretemps, déplora-t-il ; un témoin capital manque à l'appel, le colonel sir Arthur Mac Crombie.

Marlow fronça les sourcils.

— Serait-il… suspect ?

— Mettez en branle la logistique du Yard, exigea Higgins, et amenez-le ici au plus vite.

Sachant qu'il n'obtiendrait aucune explication, le superintendant demanda à Higgins où avaient été dissimulés les objets volés aux fondateurs du club et à leurs épouses.

L'ex-inspecteur-chef lui montra la cachette, où il les avait remis, et le pria de les laisser en place jusqu'au lendemain soir. La présence d'un policier en uniforme devant la porte du salon de musique empêcherait toute mauvaise surprise.

Puis l'ex-inspecteur-chef donna au superintendant le minuscule fragment de tissu – ou, du moins, ce qu'il identifiait comme tel – soigneusement conservé entre les pages de son carnet. Scott Marlow se rendrait lui-même au laboratoire central du Yard afin d'éviter tout retard administratif.

Higgins confia une dernière mission à son collègue : convoquer à vingt heures le lendemain, au club, toutes les personnes concernées par cette affaire.

Scott Marlow parti, Higgins procéda à une tâche prioritaire : relire l'ensemble de ses notes, les classer en fonction du fil conducteur qu'il avait découvert, détecter les lacunes, essayer de les combler.

Le travail de l'alchimiste commençait. Il fallait transformer la matière première de l'enquête en solution incontestable, refuser tout a priori, laisser la vérité se dégager d'elle-même.

Quand l'aube se leva, neigeuse, l'ex-inspecteur-chef venait de charpenter sa démonstration. Il ne lui restait plus qu'à vérifier quelques détails pour s'assurer qu'il ne s'égarait pas et comprendre le point de départ du mécanisme infernal qui avait conduit au meurtre, en espérant que Mac Crombie ne serait pas absent au rendez-vous.

Allongé sur son lit, Higgins s'accorda une heure de sommeil avant de se consacrer à ses ablutions matinales. Puis il se vêtit d'une chemise sur mesure, d'un pantalon de flanelle gris perle et d'un blazer bleu nuit portant l'écusson de Cambridge.

Avant le petit déjeuner, il appela une nouvelle fois son ami Petticott pour lui demander la position du compte bancaire du secrétaire particulier du défunt. L'indication ne fut pas longue à obtenir : la fortune de Christopher s'élevait à quatre-vingt-neuf livres.

Dans la cuisine, Higgins eut droit à une surprise. Christopher, précisément, avait laissé un message à son intention.

> *J'ai besoin de vous voir, mais pas au club. J'ai une confession à vous faire. Rendez-vous à la National Portrait Gallery, sous Shakespeare, à dix heures et demie. Pardonnez-moi cette procédure.*

Higgins gardait un souvenir mitigé de son dernier rendez-vous, mais celui-ci lui paraissait moins dangereux. La National Portrait Gallery n'avait que peu de points communs avec les docks.

Ernie Jenssens n'était pas encore levé. Higgins s'accorda un plaisir exquis avant de reprendre la route : boire un café très chaud devant un feu de bois.

Alors qu'il craquait une allumette pour enflammer la boule de papier qu'il avait disposée sous les bûches, Higgins prit conscience d'une anomalie. Depuis dimanche, et sans doute depuis le soir du drame, Christopher n'avait pas fait de feu dans la cheminée. Oubli ou intention délibérée ?

Il ramassa les cendres, les déposa dans un classeur en carton qu'il emprunta à Christopher et le remit au policier en uniforme, le priant de l'apporter à Scott Marlow. Cette tâche terminée, il fit naître les flammes qui l'enchantaient tant à chacune de leurs apparitions et songea à l'admirable *Chant du Feu* de la poétesse Harriett J.B. Harrenlittlewoodrof, qui avait définitivement renoncé au prix Nobel de littérature, entaché de trop de scandales.

Blanche et brillante,
Noire et bleue,
Or et rouge,
Ta flamme naît de sa mort,
Tu te nourris de ton passé et de son destin.

Dans celle qui montait, Higgins vit un visage.

Celui de l'assassin.

— 29 —

Si la National Gallery connaissait la faveur des touristes, la National Portrait Gallery, en revanche, était souvent déserte. La distance ne jouait aucun rôle, puisque la seconde était située juste derrière la première, dans Charing Cross Road. Le palais italien de 1895 qui abritait les collections avait un aspect plutôt agréable. À dix heures vingt-cinq, Higgins entra dans ce sanctuaire de l'histoire britannique où, comme l'avaient remarqué les historiens de l'art, était conservée une collection non de grands portraits, mais de portraits de grands hommes. Fussent-elles peintes par des tâcherons ou des artistes sans grand talent, les gloires de la civilisation anglaise étaient réunies ici.

Sous Shakespeare se tenait Christopher, le secrétaire particulier de sir Francis, vêtu d'un costume sombre qu'égayait à peine une cravate d'un rouge profond. Il portait toujours un pansement à la nuque.

— Émouvant, constata Higgins en contemplant le visage de Shakespeare.

Grand front, moustache, barbe, lèvres sensuelles, yeux curieux, inquisiteurs… Le plus grand dramaturge de tous les temps avait un visage étrange. Ni beau ni laid, un anneau à l'oreille gauche, il continuait à observer le monde pour y découvrir de nouveaux sujets de comédie et de tragédie.

— C'est le seul portrait de Shakespeare réalisé de son vivant, indiqua Christopher, mal à l'aise.

— Son génie ne lui a pas apporté la fortune. Je me demande s'il avait plus de quatre-vingt-neuf guinées à sa disparition.

Le secrétaire particulier baissa la tête.

— Vous avez vérifié mon compte en banque... C'est normal. Je voulais vous parler de la grosse somme d'argent liquide que l'on a retrouvée sur moi lors de la fouille.

— J'ai été patient, Christopher.

— Je ne voulais pas aborder ce sujet au club, inspecteur ; c'était un secret entre sir Francis et moi. En le dévoilant, j'ai l'impression de le trahir.

— D'où provient cette somme ?

— C'est sir Francis qui me l'a donnée, le soir même du crime. Sans un mot.

— En échange de quel service ?

— Un tableau... ou plus exactement la troisième partie d'un triptyque flamand qu'il recherchait depuis de nombreuses années. J'ai eu la chance de trouver ce dernier élément chez un antiquaire, dans Regent Street, et je... je...

Christopher hésitait. Higgins, pour ne pas interrompre sa confession, leva les yeux vers Shakespeare.

— Je lui ai offert cette partie du triptyque, avoua le secrétaire particulier. C'était pour moi un point d'honneur, une façon de lui signifier ma reconnaissance et mon admiration. Il n'a pas pu refuser, mais je l'ai senti contrarié.

— Vous avez vidé votre compte en banque ?

— Ce genre d'œuvre vaut un certain prix, inspecteur.

— Sir Francis a tenu à vous rembourser sous la forme d'une prime exceptionnelle, et vous avez été obligé d'accepter. Où se trouve ce trésor ?

— Dans la bibliothèque, derrière des reliures.

— Si nous y allions ?

— J'aimerais rester seul, inspecteur. L'œuvre est repliée derrière les reliures rouges pleine peau sur la deuxième étagère des œuvres de Shakespeare en partant du haut.

— Le nom de l'antiquaire ?

— Bodley and Sons.

— Quand revenez-vous au club ?

— En début d'après-midi. Ce fut très délicat pour moi de vous apprendre la vérité. Pourrait-elle demeurer… confidentielle ?

— Je ne peux vous le promettre.

⋆

⋆ ⋆

Derrière les reliures contenant les œuvres de Shakespeare, sur le rayon indiqué par Christopher, Higgins trouva bien le trésor protégé par un étui. L'œuvre représentait un sourcier, baguette en main, cherchant de l'eau dans un désert. Le style était austère, mais les couleurs avaient conservé une surprenante fraîcheur. L'antiquaire, joint au téléphone, confirma l'achat de Christopher.

Alors qu'il se préparait un café dans la cuisine, Higgins vit apparaître Ernie Jenssens.

— Quelle heure est-il ? demanda le chirurgien d'une voix pâteuse, à peine audible.

— Quatorze heures, et nous sommes mardi.

— Je n'ai jamais dormi comme ça ! Je crois que je rattrape des années de sommeil. À cause de Hanna, je souffrais d'insomnies.

— Profitez du calme de ce club.

— Vous partez ?

— Soyez sans crainte, monsieur Jenssens ; nous nous reverrons.

*

* *

Il était quatorze heures trente quand Higgins, sortant du club, croisa Christopher qui y rentrait. L'ex-inspecteur-chef lui demanda de ne plus quitter Tradition.

Sur la bouche de chaleur, le locataire de la clocharde dormait à poings fermés.

La petite voiture noire avait disparu.

Higgins prit un taxi jusqu'à Beauchamp Place, le fit s'arrêter non loin de l'immeuble où résidaient les Dean, et demanda au chauffeur de patienter.

— Vous attendriez pas quelqu'un ? s'enquit ce dernier.

— Ce n'est pas impossible, répondit l'ex-inspecteur-chef.

— Votre dame, je suppose... Elle a fait des bêtises, hein ? J'ai l'habitude ! Soyez pas trop sévère avec elle. Les femmes, ça a des lubies. Puis ça leur passe. Faut pas chercher à comprendre parfois. Moi, la mienne, c'est pas mieux que les autres. Si je vous racontais...

Higgins subit le début du récit qu'il n'écouta que d'une oreille distraite, préférant fixer son attention sur la porte de l'immeuble, d'où sortit Ruth Dean à quinze heures. Elle monta dans un taxi.

— Suivez cette voiture, ordonna Higgins.

— Je l'avais bien dit, murmura le chauffeur.

Ruth Dean fit plusieurs achats dans Piccadilly, lécha de nombreuses vitrines et, à l'heure du tea time, entra au Ritz. Elle se retourna, jetant des regards à droite et à gauche.

— Méfiante, hein ? remarqua le chauffeur de taxi. Vous allez avoir du mal... C'est comme moi.

Higgins régla la course et laissa s'écouler quelques minutes avant d'entrer à son tour dans le prestigieux établissement. Il demanda aussitôt à voir James, à qui il décrivit Ruth Dean.

— Cette dame vient-elle souvent prendre le thé au Ritz ?

— Tous les jours, inspecteur. Sauf votre respect, je l'ai repérée à cause d'une particularité : elle s'empiffre de gâteaux. J'ai rarement vu une telle gourmandise ! C'est un véritable spectacle, d'autant plus qu'elle ne semble pas prendre un gramme. Tous les jours... sauf un.

— Lequel ?

— C'était jeudi dernier. Impossible de me tromper. Elle n'a mangé qu'un gâteau, tellement elle était préoccupée. Elle nous a volé le spectacle, en quelque sorte.

— Connaîtriez-vous le motif de cette préoccupation ?

— Je crois bien, inspecteur. Il s'agissait de deux messieurs qui prenaient le thé à une table proche de la sienne. Elle n'a pas cessé de les regarder et se dissimulait au mieux en abaissant le bord de son chapeau.

— Pouvait-elle entendre leur conversation ?

— À cette distance, probablement.

— Connaissez-vous ces messieurs ?

— L'un d'eux seulement : un notaire, maître Clough. Un habitué. Une vieille étude dans Old Bond Street.

*

* *

Maître Clough était un notaire à l'ancienne mode. Costume sombre à rayures blanches, gilet noir à gousset, large cravate, boutons de manchette en or. Il reçut Higgins avec quelque réticence.

— Scotland Yard ! Scotland Yard ! Vous croyez que ça m'impressionne ? La police est toujours pressée… Et ma clientèle ? Vous pensez qu'elle a du temps à perdre ?

Les cheveux blancs, les épaules carrées, maître Clough portait allègrement sa soixantaine. Les murs de son bureau étaient couverts de photographies d'avions de chasse.

— Je ne vous importunerai pas longtemps, assura Higgins ; étiez-vous au Ritz, à l'heure du thé, jeudi dernier ?

— Ça ne vous regarde pas, répondit sèchement le notaire.

— On vous y a vu, insista Higgins. Vous discutiez avec quelqu'un.

— Ça ne vous regarde pas davantage.

— Vous ne m'aidez pas beaucoup, déplora l'ex-inspecteur-chef.

— Le Yard n'a qu'à se débrouiller tout seul. Chacun son métier.

Higgins se leva, regarda les photographies, s'arrêta devant l'une d'elles où l'on voyait deux aviateurs se congratulant et fêtant leur victoire au champagne.

— Votre camarade de la RAF, un héros, comme vous : sir Francis Branir.

Maître Clough chaussa ses lunettes et compulsa ses dossiers.

— Inventez ce qui vous plaira, mais sortez d'ici. J'ai du travail.

Higgins s'approcha du bureau.

— Maître, j'ai besoin de votre aide. Une affaire criminelle n'est pas une bagatelle.

Le notaire leva vers l'ex-inspecteur-chef un regard étonné.

— Une affaire criminelle ? En quoi cela me concerne-t-il ?

— Étiez-vous brouillé avec sir Francis ?

— Qu'est-ce que vous racontez… Francis est l'un de mes plus anciens clients !

— Ignorez-vous qu'il a été assassiné ?

Le notaire se leva.

— Assassiné ? Vous vous moquez de moi ?

— Ne lisez-vous pas le *Times*, maître ?

— Ni le *Times* ni aucun autre journal. Pas le temps. Et je n'écoute pas la radio. Vous avez vu ces piles de dossiers ? Si je ne m'en occupe pas moi-même, rien n'aboutira ! Assassiné, disiez-vous… Mais alors, Francis est mort ?

— Je le crains, dit Higgins. Pourquoi vous avait-il donné rendez-vous au Ritz ?

— Pour me parler de la succession à la tête du club Tradition. Il m'a indiqué que la présidence ne reviendrait à aucun des membres fondateurs et qu'il déposerait bientôt son testament entre mes mains. Demain matin à dix heures, pour être précis ! Mais alors… Il ne viendra pas ?

La détresse du notaire faisait peine à voir.

— Pendant votre discussion au Ritz, avez-vous eu la sensation d'être épié ?

— Quelque chose comme ça, en effet : une femme, qui se cachait derrière son chapeau. J'ai eu l'impression qu'elle cherchait à entendre notre conversation.

— Sir Francis l'avait-il remarquée, lui aussi ?

— Impossible à dire, il ne montrait jamais ses émotions. Assassiné… C'est impossible ! Il faut pendre celui qui a fait le coup !

— Il faut d'abord l'identifier, maître.

*

* *

Les dernières clartés du couchant répandirent une lumière pâle dans les branchages dénudés des arbres ornant les jardins du Gray's Inn. Une éclaircie inattendue avait déchiré les nuages.

Higgins, mains croisées derrière le dos, se promenait à pas lents en ces lieux où Francis Branir, l'homonyme de la victime, avait planté un catalpa, utilisant une bouture que sir Walter Raleigh avait rapportée de la lointaine Amérique.

C'était l'un des endroits calmes de la capitale, suspendu entre le passé et l'avenir. Higgins regarda venir la nuit ; il avait besoin de ce moment de méditation pour mettre définitivement sa stratégie au point.

D'une certaine manière, la chance le servait. L'assassin avait commis des erreurs. C'est en les reliant entre elles que Higgins commençait à comprendre le « comment » du meurtre. Quant au « pourquoi », il avait de quoi écœurer le policier le plus aguerri.

Bientôt, l'âme de sir Francis Branir reposerait en paix. À condition que le colonel Mac Crombie soit présent sur le front.

— 30 —

Les Elope arrivèrent au club les premiers, puis les Dean, en compagnie de Hanna Jenssens qu'ils avaient véhiculée ; enfin les England, lesquels demandèrent à leur chauffeur de se garer et de les attendre.

De la fenêtre de sa chambrette, Higgins remarqua leurs attitudes. Les Elope marchaient lentement, côte à côte. Hanna Jenssens avait coincé sous le sien le bras de Ruth Dean, très raide, ignorant son mari. Sue England grimpa les marches avec autorité, devançant son époux.

Un policier en faction tenait ouverte la porte du club.

Scott Marlow accueillit ses hôtes.

— Qu'est-ce que cela signifie ? demanda Sue England, irritée. Je ne suis pas à la disposition de la police. J'ai une affaire à diriger, moi !

— Et moi un cadavre sur les bras ! rétorqua vertement Scott Marlow.

Sue England, effarée, se tourna vers son mari.

— Qu'est-ce que c'est que ce malotru ? Reginald-John, interviens !

Reginald-John England, vêtu d'un costume bleu sombre, se campa devant le superintendant.

— Ni ma femme ni moi n'avons l'intention de rester ici. Nous avons un dîner ; inutile d'essayer de nous retenir davantage.

— Ne nous énervons pas, recommanda Higgins, apaisant ; le superintendant et moi-même souhaitons simplement nous entretenir avec vous tous.

— Pour quelle raison ? demanda Ruth Dean, pincée.

— Pour examiner des faits nouveaux.

— Lesquels ? interrogea Jasper Dean.

— Il nous faut du temps pour les préciser, et je vous propose de nous installer dans le salon de musique.

Eleonora Elope eut un mouvement de recul et se réfugia dans les bras de son mari.

— Dans le salon de musique... Mais c'est là que...

— Que sir Francis Branir a été assassiné, rappela Higgins.

— Tout ça ne m'intéresse pas ! intervint Hanna Jenssens, gesticulant ; ce que je veux, moi, c'est revoir mon mari immédiatement !

Ernie Jenssens descendait l'escalier ; il s'arrêta au milieu des marches, tendant les bras comme un naufragé espérant recevoir une bouée.

— Hanna, pardonne-moi ! J'ai eu si peur...

— Nous verrons ça plus tard ; en attendant, cesse de te rendre ridicule.

Soumis, le chirurgien rejoignit ses amis et les salua avec émotion.

— Comme je suis content de vous revoir !

— Nous aussi, Ernie, assura Eleonora Elope. Tu résides ici ?

Le regard furibond de Hanna Jenssens interdit à son mari de s'étendre sur ce terrain.

— Le salon de musique est prêt, indiqua Scott Marlow.

Sue England haussa les épaules.

— Outre le fait de subir les attaques incongrues du Yard, demanda Reginald-John England, ironique, quel est le motif réel de notre présence ici ?

— La vérité, répondit Higgins. Ôtez donc vos manteaux et venez vous installer.

L'épouse du transporteur arborait un vison d'un parfait moelleux ; suivant l'exemple de Sue England, les hôtes du club Tradition se mirent à l'aise. Ruth Dean portait une robe grenat très stricte, Hanna Jenssens son éternel ensemble brun, Eleonora Elope un tailleur gris. Sue England leur jeta un regard dédaigneux, vaguement supérieur. Dans sa superbe robe du soir, elle les rejetait au-delà des frontières de la médiocrité. Le cou orné d'une rivière de diamants, un rubis à la main gauche, elle était sans conteste la femme la plus éblouissante de la soirée.

— Allons-y, puisqu'il faut y aller ! recommanda Jasper Dean. Demain, j'ai une rude journée et j'ai déjà sommeil.

Tous grimpèrent l'escalier menant au premier étage. Le policier en faction devant la porte du salon de musique s'effaça pour les laisser entrer, Sue England en tête.

Elle prit place sur un siège à dossier droit, en face du piano ; son mari resta debout, à ses côtés. Les Jenssens s'assirent à l'opposé, sur le canapé semi-circulaire. À la droite de Hanna Jenssens, debout devant un candélabre, Ruth Dean affichait son habituelle raideur. À la gauche d'Ernie Jenssens, Jasper Dean choisit un fauteuil recouvert de velours rouge. Les Elope, gênés, posèrent leur séant sur le grand tabouret placé devant la harpe, semblant ainsi pris entre deux feux.

Christopher entra et salua l'assemblée. Imitant Sue England, qui n'avait pas coutume de parler aux domestiques, personne ne lui répondit ; il demeura près de la porte. De l'autre côté veillait le superintendant Marlow qui dévisageait les suspects.

— J'ai souhaité vous réunir ici, car cette pièce a vu les derniers instants de l'homme que vous admiriez tous, sir Francis Branir. Je vous propose de respecter une minute de silence en son honneur.

Sans trop y croire, Higgins espérait que le remords ferait son œuvre et provoquerait des aveux spontanés. Christopher ferma les yeux ; les autres baissèrent la tête, à l'exception de Sue England. Chacun garda une immobilité absolue.

La minute de silence s'acheva.

— Tradition n'est pas un club comme les autres, déclara Higgins ; chacun d'entre vous sait parfaitement qu'il servait de terrain de rencontre à des personnalités très influentes et que sir Francis était le maître d'œuvre de leurs négociations.

— Je n'en avais qu'une idée approximative, observa Ruth Dean. Dois-je vous rappeler, inspecteur, que les femmes ne sont pas admises dans ce club ?

— Votre mari ne vous parlait-il pas de ses soirées ici ?

— Fort peu. J'ai parfois droit au détail des menus, à un vague discours sur la qualité du whisky et à la citation des hommes politiques qu'il a rencontrés. Rien de plus.

Higgins se tourna vers le fabricant d'armes.

— Est-ce exact, monsieur Dean ?

La voix rauque résonna de manière presque sinistre dans la pièce à la remarquable acoustique.

— Moins on en dit, inspecteur, mieux on se porte.

— Et vous, madame Elope, étiez-vous mieux informée ?

Eleonora Elope répondit « non » d'un hochement de tête.

— Madame Jenssens ?

La petite voix aiguë de l'épouse du chirurgien se fit sifflante.

— Ces affaires d'hommes me dégoûtent, inspecteur ; il n'est question que d'argent et de sexe ! Ils seront tous punis par le Seigneur.

— Reginald-John m'a toujours tout raconté en détail, déclara spontanément Sue England. J'avais posé cette condition pour qu'il restât membre du club. Nous ne sommes plus à une époque où les femmes sont traitées comme du bétail.

— Que pensez-vous du rôle de Tradition ?

— Nettement surestimé ! J'organise chez moi des dîners beaucoup plus huppés. Les hommes entre eux, vous savez... Ils croient leurs propos très importants et dérivent sans cesse sur des niaiseries.

— N'exagérons rien, objecta Reginald-John. Tu sais fort bien que les rencontres organisées par Francis ont souvent débouché sur de graves décisions.

Higgins, mains croisées derrière le dos, s'écarta du piano et commença à marcher de long en large dans le salon de musique.

— Vous avez transmis des informations confidentielles à votre épouse, monsieur England ; il y a peut-être dans le lot des secrets d'État qui n'auraient pas dû sortir d'ici.

— Rassurez-vous, inspecteur, intervint Christopher.

— Pourquoi cette tranquillité d'esprit ?

— Les rencontres les plus importantes avaient lieu dans ce salon, soit en présence de sir Francis, soit entre les intéressés eux-mêmes. Ni M. England ni ses amis n'y ont assisté.

— En réalité, reprit l'ex-inspecteur-chef, ce crime est purement crapuleux.

— C'est exactement ce que je pensais, souligna Ernie Jenssens de sa parole embarrassée ; notre pauvre Francis a été tué par un rôdeur.

— La notoriété du club, continua l'ex-inspecteur-chef, a gêné en partie mes investigations. Elle était pourtant la base de toute déduction... Mais sous un certain angle. Rappelons que la soirée du crime s'annonçait tout à fait exceptionnelle. C'est bien exact, Christopher ?

— Oui, inspecteur, répondit le secrétaire particulier. À titre exceptionnel, des femmes sont admises au club par le président en raison d'une circonstance particulière.

— « Circonstance particulière », reprit Higgins ; qui la révélera ?

Ernie Jenssens sortit une épingle de la pochette de sa veste et en piqua le velours du canapé à petits coups nerveux.

— Francis n'avait rien laissé deviner de ses intentions, expliqua-t-il. Nous étions intrigués, certes, mais nous n'avons pas eu le temps de savoir. Avec ce qui s'est passé…

— MM. Dean, Elope, England et Jenssens sont bien les seuls membres fondateurs du club dans sa forme actuelle ? demanda Higgins à Christopher.

— En effet, inspecteur.

— Sir Francis n'avait oublié personne. Il voulait une conférence au sommet.

— Sûrement pas, objecta Jasper Dean. Francis était le patron, et nous l'avions reconnu pour tel. Il prenait seul les décisions et n'avait nul besoin de nous consulter ; s'il nous avait invités avec nos épouses, c'était pour nous offrir une soirée bien arrosée.

— Pourquoi si tard ?

— Pour être débarrassé de tous les vieux casse-pieds qui viennent ici parler finance et politique ! Comme ça, on était entre nous, comme au bon vieux temps. N'allez pas chercher midi à quatorze heures, inspecteur ; Francis était un gars tout simple, comme moi.

— C'était aussi un peintre de génie, me semble-t-il, et un homme des plus secrets.

— Pensez-vous ! Il barbouillait pour se délasser et ne se prenait pas au sérieux. Secret... oui, un peu ; taciturne, aussi. Mais toujours prêt à boire un bon coup !

— Nous n'allons quand même pas passer la soirée à égrener des souvenirs ! protesta Sue England.

— Nous avons été drogués ! rappela Ruth Dean, véhémente.

— Drogués et volés, ajouta Hanna Jenssens ; j'ai perdu une bague de famille à laquelle je tenais beaucoup. Quand le Yard me la rendra-t-il ? Il faudrait que la police fasse son travail de temps à autre !

— Ne désespérez pas, madame Jenssens. Superintendant, dans quel état se trouvait cette pièce lorsque vous y êtes entré pour la première fois ?

— Tout était sens dessus dessous.

— N'y avait-il pas des fenêtres ouvertes ?

— Deux. Et une vitre brisée.

— Premier indice essentiel, jugea Higgins.

Il fit résonner l'une des cordes de la harpe ; Freddy Elope sursauta.

— Et... qu'en concluez-vous ? demanda Reginald-John England.

— Que l'assassin est venu de l'extérieur.

— 31 —

— Tentons d'établir les faits, avança Higgins : un voleur professionnel a appris qu'une réunion très particulière se tenait au club, jeudi dernier, à une heure très tardive. Pas de domestiques, des gens huppés vêtus avec recherche, donc des femmes portant des bijoux. Situation idéale pour prélever une petite fortune dans un minimum de temps et avec un minimum de risques. Reste un détail à éclaircir : la complicité dont il a forcément bénéficié.

Ernie Jenssens, très digne, se leva.

— Je suis le plus ancien, ici, et j'exige que vous précisiez votre pensée.

— C'est la même que la vôtre, monsieur Jenssens : le complice du voleur se trouve parmi les personnes présentes.

— Complètement ridicule et tout à fait scandaleux ! protesta Sue England. Aider nous-mêmes un voleur à nous dévaliser ! Qui pourrait accréditer pareille folie ? Ça n'a aucun sens, inspecteur !

— Vu sous cet angle, je vous le concède, madame England ; mais si le but du vol était un document confidentiel détenu par sir Francis ?

Higgins contourna le piano et se plaça à côté du superintendant, face à Christopher.

— C'est vous qui ruinez cette hypothèse. Vous connaissez tout du club et vous affirmez que sir Francis ne détenait aucun document compromettant susceptible de déclencher contre lui une haine criminelle.

— Je continue à l'affirmer, inspecteur.

— Les investigations menées par le superintendant Marlow confirment ces faits. Pas de documents compromettants, plus de mobile pour un crime... Reste un criminel.

Freddy Elope croisa et décroisa les jambes, son épouse tordit entre ses doigts le sac à main qu'elle avait posé sur ses genoux, Hanna Jenssens regarda le plafond. Ernie Jenssens piqua machinalement le canapé de son aiguille. Ruth Dean demeura figée comme une momie ; son mari, Jasper, absorba furtivement une pilule rose. Sue England titilla ses perles ; Reginald-John, à l'aide d'un cure-dents, agaça ses canines.

Higgins abandonna Christopher, se dirigea vers l'angle du salon de musique, vide de tout occupant, et se retourna pour contempler l'assemblée.

Tous les regards se fixèrent sur lui.

— Il manque quelqu'un : un fondé de pouvoir nommé Jacob Berner, qui mène des opérations louches sous le nom de Johnson Tanor. L'un d'entre vous le connaît-il ?

Personne ne répondit.

— C'est pourtant bien vous qui m'avez parlé de ce Tanor, Christopher ?

Le secrétaire particulier passa la main droite sur son léger collier de barbe.

— Ah, oui, inspecteur... Pardonnez-moi cette inattention ! C'est le terme « connaître » qui m'a égaré. J'ai vu ce M. Tanor, ou Berner, une seule fois.

— Jacob Brener, précisa Higgins, souhaitait acheter le club Tradition.

— Quoi ? s'exclama Jasper Dean. Acheter le club ? Il est fou, ce banquier ! Jamais Francis ne l'aurait vendu à qui que ce soit !

— Vérification faite, révéla Marlow, aucune des personnes présentes n'a de compte dans la banque qui emploie Berner ; aucune ne peut donc être suspectée de complicité directe avec lui. Et il ne dispose d'aucun alibi pour l'heure du crime.

— Eh bien, déclara Sue England, vous l'avez, votre coupable ! Il a échoué, il s'est vengé !

— L'affaire est donc close, estima Reginald-John England. Nous pouvons partir.

Hanna Jenssens se leva et se dirigea vers la porte.

Scott Marlow s'interposa.

— Ne soyez pas si pressée, madame Jenssens, et retournez vous asseoir.

— Pourquoi ? Votre banquier n'est-il pas coupable ? C'est un malhonnête, un de plus ! Mettez-le en prison et laissez-nous tranquilles !

— Je vous en prie, intervint Higgins, placide.

À contrecœur, Hanna Jenssens obéit.

Higgins s'adossa de nouveau au piano.

— Jacob Brener n'a pas beaucoup de caractère ; il a été incapable de présenter le moindre argument pour se disculper.

— Le meilleur alibi consiste à ne pas en avoir, ironisa Reginald-John England. Pourquoi chercher à l'innocenter ? Ce personnage ne serait-il pas un indicateur de la police ?

— Et on nous retient pour ça ! s'indigna Ruth Dean. C'est scandaleux !

Tous, à l'exception de Christopher, émirent une série de protestations plus ou moins véhémentes qui fusionnèrent vite en cacophonie. Higgins attendit que le brouhaha s'éteigne de lui-même.

— En réalité, reprit-il quand le silence fut revenu, Jacob Brener n'a pas menti. Ce n'est pas lui qui a tué sir Francis Branir car il n'est pas venu au club le soir du meurtre. Il dispose du meilleur des alibis : un témoin dont il ignore l'existence et qui a su me décrire les personnes qui ont franchi la porte de Tradition.

Ernie Jenssens rangea son épingle dans la pochette de sa veste.

— Un témoin ? De qui s'agit-il ?

— D'une personne que ses activités contraignent à observer ce qui se passe dans la rue. Elle avait de l'estime pour sir Francis.

— Quelle est sa profession ? demanda Reginald-John England.

— Musicienne amatrice, répondit l'ex-inspecteur-chef. Son témoignage est particulièrement précieux, car elle est réputée pour son sens de l'observation ; de la place où elle se trouvait, je l'ai vérifié moi-même, elle ne pouvait manquer l'arrivée d'un visiteur. M. et Mme Elope sont arrivés les premiers, suivis de M. et Mme Dean. Ensuite, M. et Mme England. Cette dernière a sermonné son chauffeur.

— Exact, reconnut Reginald-John England ; il conduisait trop lentement.

— Enfin, M. et Mme Jenssens, qui semblaient se disputer.

— Pas du tout, intervint Hanna Jenssens ; nous étions en retard à cause d'Ernie. Je lui ai signifié qu'il devenait insupportable.

— Êtes-vous tous d'accord avec cet ordre d'arrivée ? interrogea Higgins.

Nulle protestation ne s'éleva.

— Voici donc la première certitude : l'assassin de sir Francis Branir se trouve bien parmi les personnes présentes dans cette pièce.

— 32 —

Reginald-John England cessa brusquement de se curer les dents.

— Et les fenêtres ouvertes, les oubliez-vous ?

— Mise en scène, répondit Higgins ; l'assassin a voulu nous faire croire que le meurtre avait été commis par quelqu'un venant de l'extérieur. Il y a donc eu préméditation. Le crime a été soigneusement programmé et organisé.

L'atmosphère se tendit.

— Vous oubliez que nous avons tous été drogués, releva Sue England.

— Cela exclut définitivement l'hypothèse du rôdeur, rétorqua Higgins ; le sherry a été analysé et contenait bien un somnifère. C'est donc un familier qui a introduit la drogue dans la bouteille. Quelqu'un qui connaissait les habitudes du club.

— Je peux donc m'en aller et quitter ces lieux maudits, déclara Hanna Jenssens. Je ne fais pas partie des familiers, et Jasper ne m'a jamais parlé de cette bouteille.

— Désolé de vous contraindre à rester, madame Jenssens. On m'a tellement menti, depuis le début de cette enquête, que j'ai encore besoin de votre présence pour démêler le vrai du faux.

La femme du chirurgien, vexée, détourna la tête.

— Autre fait établi, rappela Higgins : les quatre couples d'invités ont été dévalisés. À leur réveil, ils ont constaté que les objets de valeur qu'ils possédaient avaient disparu.

— C'est pourquoi nous avons porté plainte, déclara Reginald-John England.

— Vous n'aviez quand même pas tout perdu. Lors de la fouille pratiquée par le superintendant, avant que vous ne regagniez vos domiciles respectifs, certains objets personnels ont été inventoriés.

— Rien d'important, inspecteur ! jugea Sue England. Seulement des babioles.

— J'ai une excellente nouvelle à vous annoncer : je crois avoir retrouvé ce qui vous a été dérobé.

— Magnifique ! s'exclama Hanna Jenssens ; rendez-moi ma bague. Où était-elle ?

— La chance m'a servi, révéla Higgins ; c'est en étudiant la posture du corps que j'ai constaté une anomalie. Sir Francis Branir aurait dû avoir la main droite reposant sur le clavier, mais l'assassin l'a déplacée. En appuyant sur quelques notes, j'ai produit des sons anormaux ; intrigué, j'ai voulu découvrir la cause de ces dissonances. Aussi ai-je été amené à regarder à l'intérieur de ce piano à queue.

Higgins souleva le couvercle et le cala avec la tige prévue à cet effet.

— Bijoux, montres, portefeuilles, argent liquide sont ici, annonça-t-il.

Hanna Jenssens bondit vers l'instrument.

— Ma bague ! Je veux ma bague !

N'écoutant que son devoir, le superintendant s'interposa et empêcha la femme du chirurgien de plonger la main à l'intérieur.

— Ne touchez à rien, madame Jenssens ; pour le moment, ce sont des pièces à conviction. Elles seront restituées à leurs propriétaires quand l'enquête sera close.

— C'est une honte ! Cette bague m'appartient !

Ruth Dean et Eleonora Elope s'étaient levées pour s'approcher du piano.

— Reprenez place, mesdames, et n'ayez aucune inquiétude. Vos bijoux vous reviendront au moment voulu.

— Pourquoi l'assassin a-t-il caché ces objets à cet endroit ? interrogea Higgins.

— Si vos déductions sont exactes, proposa Reginald-John England, ça n'a aucun sens. En revanche, si l'on revient à l'hypothèse du rôdeur, tout s'explique. Obligé de tuer sir Francis qui l'a surpris, il s'est débarrassé au plus vite de son butin, qu'il comptait récupérer par la suite.

— Beaucoup de points montrent que votre raisonnement est erroné, monsieur England. Il en est un sur lequel je suis pourtant d'accord avec vous : l'assassin souhaitait récupérer ces objets. Si je n'avais pas eu l'idée d'enfoncer des touches, il serait revenu chercher ce qu'il avait caché.

L'ex-inspecteur-chef dévisagea tour à tour chacun des suspects.

— Je vous accorde une dernière chance… Ce crime est abominable. Mieux vaudrait des aveux plutôt qu'une reconstitution qui m'obligera à dévoiler des secrets qui mériteraient de demeurer enfouis dans les ténèbres. Je vous écoute.

Comme le présumait Higgins, mutisme complet.

— Madame Jenssens, que savez-vous sur l'assassinat de sir Francis ?

— 33 —

La petite femme vêtue de brun sursauta.

— Moi ? Mais rien... Presque rien...

— Presque ?

Hanna Jenssens évita le regard accusateur de Higgins.

— J'ai dit « presque » comme j'aurais dit autre chose, inspecteur. Un mot sans importance.

L'épouse du chirurgien quêta l'approbation de Ruth Dean. Elle ne rencontra qu'un regard froid et fermé.

— Vous êtes une personne plutôt étrange ; certaines parties de votre appartement paraissent bourgeoises, d'autres *presque*... hantées.

Les yeux de Hanna Jenssens changèrent de couleur et virèrent au gris.

— Je fais de mon appartement ce qui me plaît, inspecteur !

— Pas si vous y avez préparé un meurtre, madame Jenssens.

— Sur quoi vous fondez-vous pour formuler une telle accusation ? s'indigna Reginald-John.

— Le superintendant Marlow a trouvé sur la chaussure gauche de la victime une petite croix de couleur rouge dont la branche inférieure était creusée de multiples entailles. Connaissez-vous cet objet, madame Jenssens ?

Scott Marlow s'approcha.

Il ouvrit sa main gauche, dévoilant une pochette transparente qui contenait la croix décrite par Higgins. Hanna Jenssens la regarda une longue minute, comme hypnotisée. Elle frotta ses index l'un contre l'autre, de la sueur perla à ses tempes.

— Non, dit-elle enfin, je ne l'ai jamais vu… Et je ne veux plus le voir !

D'un revers de la main droite, avec une violence et une rapidité qui surprirent Scott Marlow, elle fit tomber la pochette, se leva et tenta de la piétiner en poussant des cris aigus.

Le superintendant maîtrisa la petite femme brune, l'obligea à se rasseoir et ramassa la croix. Elle se mordit le pouce droit jusqu'au sang.

— Vous n'avez pas le droit de me brutaliser, geignit-elle ; je n'ai rien fait de mal. C'est le monde qui est mauvais, c'est lui qu'il faut punir.

— Nous avons une affaire plus urgente à traiter, madame Jenssens ; une affaire à laquelle vous avez été mêlée de très près et sur laquelle vous en savez beaucoup plus que vous ne le dites.

Soumise, Hanna Jenssens croisa les mains à la hauteur de son nombril.

— Vous ne vous entendez pas très bien avec votre mari, indiqua Higgins, et vous avez tendance à le martyriser.

— C'est une effroyable calomnie ! Ernie est un cavaleur, et j'ai le devoir de le ramener sur le chemin du Seigneur. Si je n'agissais pas ainsi, dans quels vices ne tomberait-il pas ?

— Cesse de délirer ! exigea Ernie Jenssens, la prenant brutalement par les épaules.

Elle le repoussa d'un coup de coude. Le chirurgien en eut le souffle coupé.

— N'essaie pas de me donner des ordres, déclara-t-elle, très sèche.

— Vous devriez avoir davantage de mesure, recommanda Reginald-John England. Votre attitude vous dessert, et la police pourrait croire...

— Revenons à votre arrivée ici, le soir du crime, madame Jenssens, proposa Higgins. Un témoin certifie que vous vous êtes disputée avec votre mari en sortant du taxi, avant de pénétrer dans le club. Quel était le motif de cette querelle ?

— Ma femme vous a précisé que ce n'était pas une querelle, protesta Ernie Jenssens. Juste un petit différend entre époux.

— Lorsque je suis venu chez vous, dimanche, vous avez traité votre mari d'hypocrite, madame Jenssens, et il vous a qualifiée de folle. Ce sont des termes suffisamment forts pour que votre désaccord soit jugé grave. J'attends vos explications.

Les époux Jenssens se turent.

— Je peux répondre à votre place, dit Higgins, car je suis certain qu'il s'agissait de la croix que le superintendant vous a montrée.

— Absurde ! estima Ernie Jenssens.

— J'ai d'abord cru à la possibilité d'un meurtre rituel, expliqua Higgins, puis à une volonté déterminée de me faire penser à ce type de crime. La solution était à la fois plus simple et plus compliquée, comme votre caractère, madame Jenssens. Vous n'aimez pas grand monde, semble-t-il ; aucun de vos amis ne trouve grâce à vos yeux, à l'exception de Mme Dean.

— Même pas, objecta cette dernière ; quand Hanna devient hystérique à cause de sa jalousie, elle me dévorerait.

— Tu n'as pas le droit de me lâcher, Ruth ! Nous nous fréquentons parce que nos maris se connaissent. Si tu as commis une faute grave, il te faudra payer. Toi, et toi seule.

— Vipère ! Tu me le paieras d'une façon ou d'une autre !

Ruth Dean tourna le dos aux Jenssens, indifférente.

— Vous n'aimiez donc personne, reprit Higgins. Même sir Francis Branir, admiré de tous, vous paraissait animé de mauvaises intentions à votre égard.

Hanna Jenssens croisa les doigts avec une telle force que ses phalanges blanchirent.

— Il était comme les autres, ne comprenant pas que ce monde est mauvais et qu'il faut le détruire. Il me parlait de bonté et de noblesse… Des niaiseries ! Il me détestait et se moquait de moi comme les autres.

— Et vous avez voulu vous venger, n'est-ce pas ?

Hanna Jenssens leva les yeux au ciel ; chacun attendait sa réponse.

— Non, inspecteur. Ce n'était pas possible.

— Ce n'était pas possible parce que sir Francis se trouvait sous l'emprise d'un envoûtement ; avant d'exercer votre haine contre lui, il fallait d'abord le désenvoûter. Vous êtes obsédée par la croix. Pour vous, elle est sans doute la plus efficace contre le Mal.

— N'en doutez pas, inspecteur !

— C'est pourquoi vous l'avez gravée dans les cierges qui illuminent votre demeure et la protègent de tout maléfice. Quand et comment avez-vous acquis cette croix rouge et que signifient exactement les encoches ? Je l'ignore. L'essentiel, comme me l'a confirmé un spécialiste, est que l'objet ait pour fonction de désenvoûter. Vous aviez l'intention de libérer sir Francis des forces hostiles qui l'entouraient afin de le réduire ensuite à votre merci. C'est pourquoi vous vous êtes querellée avec votre mari.

— 34 —

— J'ai toujours pensé que cette malheureuse Hanna était complètement folle, susurra Sue England.

— Votre désir de nuire à sir Francis, poursuivit Higgins, est prouvé par l'épingle dorée retrouvée sur vous lors de la fouille pratiquée par le superintendant Marlow. Avec elle, vous comptiez piquer le maître de Tradition.

La petite femme brune se tortillait.

— C'est bien vous, madame Jenssens, qui avez déposé cette croix sur le cadavre de sir Francis. Reste un détail essentiel à élucider : à quel moment êtes-vous entrée dans le salon de musique ? Avez-vous tué sir Francis puis déposé votre croix, ou bien découvert un cadavre ?

Hanna Jenssens serra les lèvres, se leva, marcha vers la porte où elle se heurta à Scott Marlow et s'accouda au piano.

— Je me suis réveillée la première ! Tout tremblait, mais j'avais une vision nette, juste devant moi. Ernie m'avait indiqué l'emplacement du salon de musique. J'avais sur moi la croix et l'épingle.

— N’avez-vous rencontré aucun obstacle ?

— Je me suis cognée plusieurs fois, mais je n’ai pas renoncé.

— Vous êtes très myope, madame Jenssens, et vous refusez de porter des lunettes. Qu’avez-vous vu ?

— Une forme prostrée, avec quelque chose qui dépassait du dos. Je n’ai pas compris et j’ai pris peur. J’ai jeté la croix et je suis retournée dans la bibliothèque. Là, terrassée par l’émotion, je me suis évanouie.

Ernie Jenssens se tourna vers son épouse, atterré.

— Pourquoi m’avoir caché tout ça, Hanna ?

— Ça ne regarde que moi. Tu es incapable de comprendre.

— N’avez-vous croisé personne pendant votre brève exploration ? interrogea Higgins.

— Personne.

— N’avez-vous remarqué aucun détail insolite ?

— J’étais trop occupée à regarder mes pieds pour ne pas tomber. Je n’ai pas réussi à piquer sir Francis avec l’épingle et je le regrette.

Higgins abandonna les Jenssens, passa devant Ruth Dean et recommença à marcher de long en large.

— J’ai soupçonné Hanna Jenssens d’avoir été assez démente pour aller jusqu’au bout de sa haine et commettre un acte criminel. Les mystères de la croix et de l’épingle élucidés, envisageons un autre coupable ; quelqu’un sur qui pèsent des présomptions suffisamment fortes. Comment ne pas songer à Jasper Dean ?

Le fabricant d’armes se redressa sur son siège.

— Songer à moi ? Qu’est-ce que cela signifie ?

La voix de Jasper Dean était plus rauque que d'ordinaire ; il avala une nouvelle pilule rose.

— Récapitulons : c'est vous qui réparez l'arme du crime, c'est vous aussi qui la rapportez au club le soir du meurtre, c'est encore vous qui la retirez du cadavre… Beaucoup de coïncidences.

— Dieu m'est témoin que tout s'explique aisément, inspecteur ! Vous oubliez que c'est sir Francis lui-même qui m'a confié la mission d'aiguiser la lance.

— La vérité est sensiblement différente, affirma Higgins. Et si quelqu'un d'autre vous avait demandé ce travail ? Et si vous l'aviez exécuté parce que vous étiez obligé d'obéir ?

— Qu'allez-vous inventer là ? grogna le fabricant d'armes. C'est bien sir Francis…

— Il y a encore une autre possibilité ; personne ne vous a donné l'idée de transformer cette lance en une arme mortelle, car cette idée, c'est vous, et vous seul, qui l'avez eue.

Croisant et décroisant les jambes, Jasper Dean regarda de droite et de gauche.

— Il délire, cet inspecteur… Mais dites-lui donc, vous autres !

— Avouez, monsieur Dean, que les événements s'enchaîneraient de manière impeccable. Vous avez décidé de tuer sir Francis Branir et vous fabriquez vous-même l'arme du crime que vous avez été assez astucieux pour emprunter au club. Pour vous innocenter, vous la rapportez vous-même le soir du meurtre et la montrez aux autres invités. Qui imaginerait qu'un assassin agisse de la sorte ? Vous avez remis la lance dans la main de la statue comme si de rien n'était. Vous vous êtes réveillé le premier... parce que vous n'aviez pas bu le sherry. Sans doute avez-vous versé le contenu de votre verre dans le feu. Vous êtes sorti de la bibliothèque, avez empoigné la lance d'Athéna, êtes monté jusqu'au salon de musique et avez frappé dans le dos sir Francis.

Jasper Dean se leva et porta la main à la gorge.

— J'étouffe... À l'aide !

Ruth Dean passa devant les Jenssens et vint soutenir son mari. Elle l'obligea à avaler deux pilules roses et à se rasseoir.

— Ça va aller, lui dit-elle ; rassure-toi. Scotland Yard n'a aucune preuve. Cet inspecteur a tout inventé pour t'effrayer.

— Je ne suis pas coupable, articula avec peine Jasper Dean. Mon témoignage a pu paraître confus... Mais personne n'a le droit de me jeter la pierre ! Si j'ai péché, je me repens. Je vous répète que les tranquillisants me détraquent la tête. Je ne sais pas pourquoi je suis monté jusqu'ici. Mais je sais que sir Francis était bien mort et que je ne l'ai pas tué !

— Le jureriez-vous sur la Bible ? demanda Higgins en sortant de la poche de son blazer un exemplaire miniature du livre saint.

Le regard du fabricant d'armes devint fixe.

Il tendit la main droite sur le volume de la Loi.

— Je jure que j'ai dit la vérité, proclama-t-il d'une voix aussi éraillée que tremblante.

Higgins rempocha sa bible. Jasper Dean resta figé quelques secondes, puis son être entier sembla s'affaisser.

— Pourquoi déteniez-vous un plan de Londres, monsieur Dean ?

— Parce que j'ai du mal à me repérer.

— Vous avez pourtant l'habitude de venir au club ?

— Je connais à peu près le chemin. Mais il y a tout le temps des travaux ou de nouveaux sens interdits ! Ce soir-là, nous avions pris un taxi ; j'ai quand même conservé mon plan. On ne sait jamais.

— Vous fabriquez des armes destinées à donner la mort, mais vous refusez d'y penser. Vous êtes un angoissé, un être qui n'est jamais en paix avec lui-même, et les tranquillisants ne vous soignent pas. Ils vous enferment un peu plus dans votre prison intérieure, au point de perdre peu à peu contact avec la réalité extérieure. Puisque Dieu vous guide et puisque vous reconnaissez être un pécheur, vous avez l'espoir d'être pardonné. Lui seul peut vous accorder la clémence, en effet.

Jasper Dean fut piqué au vif.

— Pourquoi donc ?

— Parce que vous êtes un Ponce Pilate. Vous souvenez-vous du texte de l'Évangile : *Voyant alors qu'il n'aboutissait à rien, mais qu'il s'ensuivait plutôt du tumulte, Pilate prit de l'eau et se lava les mains en présence de la foule, en disant : « Je ne suis pas responsable du sang de ce juste, à vous de voir ! »* Ne fut-ce pas exactement votre manière d'agir ?

— Pas tout à fait…

— Vous menez votre croisade personnelle pour vous dédouaner face à votre Dieu, monsieur Dean.

Mais vous oubliez qu'un lâche par omission n'est guère plus recommandable qu'un lâche ordinaire.

Le fabricant d'armes se redressa, furieux ; son nez busqué prit une teinte rouge vif, brusquement irrité par un afflux de sang.

— Je ne me laisserai pas insulter !

— Vous avez péché par omission. Un fait vous innocente : vous ignoriez le nom du futur président du club Tradition. Vous croyiez à une direction collégiale dans un premier temps et à une élection d'ensemble dans un second.

— Bien entendu, approuva Jasper Dean, étonné ; c'est ce qui était prévu.

— Je veux bien admettre que vous soyez inconscient des conséquences de vos actes, monsieur Dean, mais en quoi le fait de vous boucher les yeux et les oreilles vous innocente-t-il ? Sir Francis est mort.

— Que Dieu soit miséricordieux, implora Jasper Dean, je ne suis pas responsable.

— Révélez-nous la manière dont vous avez assassiné sir Francis Branir.

Le fabricant d'armes avala difficilement sa salive.

— Ce n'est pas moi !

— Quelqu'un d'autre sera peut-être plus bavard... Vous, par exemple, Christopher ?

— 35 —

Le secrétaire particulier du défunt demeura imperturbable.

— Vous savez tout de ce club, indiqua Higgins. Vous en connaissez le moindre recoin, les règles les plus subtiles, les habitudes les plus sacrées. Rien ne vous échappe. J'ai supposé que cette position privilégiée faisait de vous un parfait criminel apte à tirer les ficelles d'une tragédie dont vous pouviez manipuler les acteurs à votre guise. Les Jenssens ne vous aiment pas beaucoup. Ernie Jenssens parce qu'il vous croit juif et prêt à intriguer, Hanna Jenssens parce que vous n'avez aucune religion. Quelle est au juste votre ambition, Christopher ?

— Continuer à servir les intérêts de ce club, inspecteur.

— Vous qui êtes les yeux et les oreilles de Tradition n'avez malheureusement rien vu ni rien entendu le soir du meurtre. C'est vous qui avez servi les verres de vieux sherry, et vous auriez donc pu le droguer pour vous débarrasser de tous les témoins gênants et tuer sir Francis. Mais pourquoi une telle complication, alors que vous pouviez agir à un autre moment et d'une autre manière ? De plus, si vous êtes bien l'assassin, vous avez au moins un complice : celui qui vous a assommé. Si vous n'aviez pas une remarquable résistance et une volonté que l'on peut qualifier de farouche, vous seriez à l'hôpital. On vous a bien agressé… avec ou sans votre consentement ?

Reginald-John England croisa les bras.

— C'est exactement la question que je me posais, inspecteur ! Nous, les fondateurs, ne faisions que passer au club ; Christopher y réside en permanence. Il avait tout loisir d'organiser un piège où serait tombé sir Francis ; mais quel serait son mobile ?

— Ce mobile, je croyais l'avoir découvert grâce aux résultats de la fouille. Christopher avait sur lui une forte somme en billets de banque. Comment en expliquer la présence ? J'ai songé à la plus sordide des stratégies : le chantage. Christopher connaît tout du club, mais aussi de sir Francis. Il avait découvert dans son passé un élément qui mettait sa réputation en doute. Pourquoi ne pas le monnayer ?

Scott Marlow observa une profonde transformation dans la physionomie du secrétaire particulier ; ce dernier perdit brusquement assurance et sérénité, et sa pâleur devint extrême.

— Niez-vous avoir eu connaissance du courrier personnel de sir Francis ? interrogea Higgins.

— En tant que secrétaire particulier, je l'ai lu, bien sûr, répondit Christopher, dont la parole vacillait ; mais je n'aurais jamais imaginé pareille accusation !

— Je crois que vous avez levé le voile, inspecteur, estima Reginald-John England ; Christopher est le genre de type à pratiquer de la sorte. Trop poli pour être honnête.

Higgins hocha la tête.

— Christopher a expliqué la présence de cette somme en la qualifiant de « prime exceptionnelle » ; si elle ne provenait pas d'un chantage, ne s'agissait-il pas d'une prime de licenciement ? Christopher n'aurait-il pas commis une faute professionnelle grave justifiant un congé définitif ?

Il suffisait d'observer le secrétaire particulier pour s'apercevoir que, incapable de protester, il vivait un cauchemar.

— J'ai finalement écarté l'ensemble de mes soupçons concernant Christopher, révéla Higgins ; pas une seule fois il ne m'a menti. En m'apprenant la disparition de l'argent liquide utilisé par sir Francis, il m'a mis sur une piste nouvelle que le coupable aurait pris soin de masquer ; Christopher est un professionnel, rigoureux et foncièrement honnête.

Abandonnant le secrétaire particulier, Higgins se dirigea vers la harpe, et tourna lentement autour des Elope.

— Votre générosité naturelle sert parfois de bien mauvaises causes, madame Elope.

— Je… Je ne pense pas, se récria-t-elle faiblement.

— Je ne parle pas de vos bonnes œuvres, mais des services que vous rendez à des amis qui n'en sont pas.

— Il y a des gens suffisamment bêtes pour ça, déclara Sue England, hautaine.

— Je voulais parler de vous, précisa Higgins ; dois-je m'expliquer ?

— Évidemment !

Eleonora Elope se leva et saisit le bras de Higgins.

— Non, inspecteur. Cela n'aidera en rien à identifier le coupable.

— J'exige des explications, insista Sue England.

— Crois-tu réellement, ma chérie..., suggéra Reginald-John England.

— Tais-toi.

Higgins reprit sa déambulation.

— Le destin a voulu que vous n'ayez pas d'enfants, madame Elope. L'amour maternel que vous portiez en vous-même comme une valeur essentielle, vous l'avez offert au petit Andrew, le fils naturel de Reginald-John England. J'ignore la manière dont la véritable mère a été écartée, mais je suppose qu'une très forte rétribution a éteint toute revendication de sa part. Mme England, pour éviter tout scandale, a reconnu l'enfant ; en achetant le médecin d'une clinique privée et en simulant les derniers mois d'une grossesse, il a été facile de légitimer la naissance. Les difficultés de l'entreprise England doivent correspondre à cette période où Mme England, alitée, a été absente de son bureau. Ni Reginald-John England ni son épouse n'éprouvent la moindre affection pour cet enfant. Quand il le bat, elle ferme les yeux. On fait donc appel à l'ancienne secrétaire. Vous, madame Elope, qui accourez à la minute.

Eleonora Elope se serra contre son mari.

— Et quand tout cela serait exact, s'énerva Reginald-John, vous ne pourriez rien prouver ! Notre vie privée nous appartient. Que nous aimions ou non cet enfant n'a aucune incidence sur votre enquête ; puisque Eleonora s'occupe d'Andrew, il a son content d'amour. D'autres en ont beaucoup moins que lui, et ce n'est pas en geignant qu'on bâtit une carrière. La vie, c'est le mouvement. Moi, je me suis battu à la force du poignet ; qu'Andrew m'imite.

— Si ce sont là toutes vos révélations, laissa tomber Sue England, elles n'atteignent même pas le bas de ma jupe. Il y a des histoires d'enfants martyrisés beaucoup plus impressionnantes que celle-là.

Effarée, Eleonora Elope n'osa pas se retourner vers les England pour crier sa révolte.

— Vous êtes influençable, madame Elope. Si influençable que vous auriez pu tuer sir Francis pour rendre service à quelqu'un.

— Non, inspecteur ! Non, pas ça… C'est vrai, pour Andrew, j'ai tout enduré. Je l'accepte et je l'accepterai encore.

— Y compris le mépris de Reginald-John England, qui vous considère comme une petite bourgeoise sans envergure ? Y compris celui de son épouse ?

— C'est sans importance, inspecteur ; il y a Andrew.

Scott Marlow éprouvait un réel malaise. Cette femme sans consistance lui parut suspecte ; elle était de la race des éternelles soumises qui deviennent un jour des criminelles.

— Vous êtes une victime sans volonté, continua Higgins, mais votre culpabilité est évidente.

— Je suis innocente !

— Vous êtes coupable de cécité. Votre affectivité vous aveugle et vous ne voyez pas les gens qui vous entourent. Vous ignorez leur véritable nature ; c'est pourquoi vous avez laissé un crime se commettre sans intervenir.

Les yeux de la petite femme, qui ne savait plus rire, s'embrumèrent.

— Je ne comprends pas, inspecteur.

— Je sais, madame Elope. Votre témoignage m'a été précieux pour reconstituer les faits tels qu'ils se sont passés après votre réveil, et vos dires corroborent ceux de Jasper Dean, tendant à l'innocenter, à le décharger de toute participation directe au crime. Ce ne sont là que détails annexes et chemins sans issue. Il fallait emprunter une route bien différente pour atteindre la vérité, oublier un temps le club Tradition et cette horrible soirée. Bref, s'arracher à la magie qu'avait déployée l'assassin pour empêcher quiconque de percer le mystère.

L'ex-inspecteur-chef contourna la harpe, revint vers le canapé semi-circulaire et bifurqua sur la gauche.

— Vous avez beaucoup d'explications à me donner, madame Dean, dit-il d'une voix douce et ferme.

— 36 —

Ruth Dean recula d'un pas, heurtant un lampadaire en bronze à demi caché par une tenture.

— Je n'ai joué aucun rôle dans ce drame, inspecteur, et vous prie de me laisser en paix. Ce n'est pas en importunant d'honnêtes gens que vous identifierez le criminel.

Ruth Dean impressionnait de plus en plus Scott Marlow. Comment cette femme, qui devait avoir le sang plus froid qu'un serpent et paraissait aussi raide qu'une colonne en marbre, pouvait-elle détenir la clé de l'énigme ? Certes, elle avait la capacité de mettre le pire des projets à exécution ; mais pourquoi Higgins la désignait-il comme le pivot de l'affaire ?

— J'ai cru d'abord que vous étiez étrangère à ce crime, exposa Higgins ; aucun fil, même ténu, ne vous reliait à la mort de sir Francis. Vous n'éprouvez, semble-t-il, aucun sentiment pour personne.

Un léger rictus déforma les lèvres sèches de Ruth Dean.

— Pensez ce que vous voudrez. Jasper et moi formons un couple uni qui en remontrerait à beaucoup d'autres.

— Sans doute, madame Dean. Et cela m'a permis de comprendre pourquoi sir Francis avait été assassiné.

Ernie Jenssens se pencha vers l'épouse du fabricant d'armes.

— Ruth, ce n'est pas possible... Ce n'est pas toi !

— Garde ton calme, Ernie, préconisa-t-elle. L'inspecteur divague.

Higgins relut ses notes.

— Sans doute serait-il préférable que vous décriviez vous-même la manière dont les événements se sont déroulés.

— Je n'en ai aucune idée, inspecteur.

— C'est un simple détail qui m'a mis sur la voie ; Reginald-John England m'a signalé, au détour d'une conversation, que vous suiviez un régime diététique.

— Inexact ! protesta Ruth Dean, agressive ; je maîtrise mon alimentation, c'est tout.

— Dans votre sac à main, il y avait des restes de biscuit à la noix de coco ; une friandise plutôt lourde qui cadre mal avec votre personnalité. Vous faites partie de ces femmes gourmandes qui ont la chance de ne pas grossir. Une gourmandise si constante que vous apportez des gâteaux même dans les soirées où vous êtes assurée de bénéficier d'un excellent repas.

Ruth Dean ne décollait pas du lampadaire.

— Chacun ses goûts, inspecteur.

— Ce petit travers m'a laissé supposer que vous ne vous contentez pas de biscuits à la noix de coco. Vous devez forcément hanter des lieux où la pâtisserie est élevée au niveau d'un des beaux-arts. Le Ritz est le sanctuaire où vous assumez quotidiennement votre péché.

Reginald-John s'approcha de la harpe, pinça l'une de ses cordes et déclencha un son aigu.

— Cessez de torturer cette pauvre Ruth, inspecteur ! réclama-t-il avec véhémence ; être gourmande n'est pas un crime. Les salons du Ritz sont dignes d'estime.

— Mme Dean a eu la surprise d'y voir sir Francis Branir en compagnie d'un homme de loi ; d'après un témoignage digne de foi, elle a tenté de se dissimuler pour n'être pas aperçue, mais en gardant les yeux braqués sur sir Francis et son interlocuteur.

Ruth Dean avait tourné la tête, comme pour échapper aux paroles prononcées par Higgins.

— Vous avez entendu leur conversation, madame Dean, n'est-il pas vrai ?

— Je... Je ne m'en souviens pas. De toute façon j'étais trop loin.

— Il suffira de procéder à une reconstitution pour prouver le contraire. Parlez à présent ; sinon vous serez accusée de complicité de meurtre.

Le superintendant retint son souffle.

Ruth Dean rejeta la tête en arrière et ferma les yeux.

— L'interlocuteur de sir Francis prenait des notes. Sir Francis lui dictait ses volontés.

— Lesquelles, madame Dean ?

— Elles concernaient le club et sa succession. Il avait pris certaines décisions.

— Lesquelles ? demanda de nouveau Higgins.

— Il avait décidé de ne pas donner la présidence du club à l'un des fondateurs. Aucun d'eux ne lui succéderait. Il comptait l'annoncer lors d'une soirée exceptionnelle. Ensuite, il rédigerait son testament.

Higgins s'adressa à Christopher.

— Sir Francis avait-il le droit de prendre de semblables dispositions ?

— Tout à fait, répondit le secrétaire particulier.

— À qui sir Francis avait-il décidé de léguer le club Tradition, madame Dean ?

— Il... Il ne l'a pas dit. Ou bien... je n'ai pas entendu.

— C'est à Christopher qu'il destinait Tradition. Christopher qu'il considérait comme son fils. Christopher qu'il avait vu travailler sans relâche, le seul de ses proches à qui il accordait son estime.

Ruth Dean baissa la tête. Elle murmura un « oui ».

Reginald-John England fut pris d'un rire nerveux.

— Jamais entendu d'aussi grosses idioties ! N'écoutez pas cette folle, inspecteur, elle cherche à se faire remarquer.

— Léguer le club à un domestique... Quelle absurdité ! rétorqua Sue England. Personne ne peut ajouter foi à de telles inepties.

Higgins s'approcha de Ruth Dean.

— À qui avez-vous rapporté les termes de la conversation entre sir Francis et le notaire ?

— À... À mon mari, Jasper.

— À personne d'autre ?

— Personne d'autre.

Abandonnant Ruth Dean, brisée, Higgins se dirigea vers le fabricant d'armes, tassé dans son fauteuil.

— Et vous, monsieur Dean, à qui avez-vous révélé les intentions de sir Francis ?

— Cela ne regarde que Dieu et ma conscience, répondit Jasper Dean de sa voix rauque.

— Vous avez tort de vous cantonner dans votre mutisme ; si vous persistez, je serai obligé de vous considérer comme complice d'un assassinat prémédité.

— Dieu jugera. Moi, je n'ai plus rien à vous dire.

— Je me débrouillerai sans vous, mais sachez que votre responsabilité est pleinement engagée. Le superintendant le démontrera dans son rapport.

Scott Marlow ne proféra aucune objection ; ce Jasper Dean l'exaspérait. À force d'invoquer Dieu, il avait fini par vendre son âme au diable.

Higgins se tourna sur sa gauche, découvrant Ernie Jenssens qui absorbait une pilule pour le cœur.

— Vous avez probablement une idée très précise de l'identité du meurtrier, monsieur Jenssens. Votre ami Jasper Dean s'est confié à vous, je n'en doute pas. Comment avez-vous réagi ?

Le chirurgien passa une main nerveuse dans sa chevelure blanche.

— Il ne m'a jamais parlé de tout cela, grommela-t-il. Reginald-John a raison : ce sont de pures élucubrations. Notre chère Ruth a dû se tromper. Je connaissais très bien Francis. Jamais il n'aurait spolié les fondateurs du club.

— 37 —

Higgins consulta ses notes ; de nombreuses lignes étaient consacrées à Ernie Jenssens. Il les relut sans se hâter.

— Vous avez créé une légende vous concernant, monsieur Jenssens : celle de votre grande sensibilité qui ferait de vous un être fragile. Vos collections de sculptures effrayantes et de jeux de fléchettes prouvent, au contraire, que vous êtes en proie à une agressivité rentrée. À ces indices s'ajoute votre antisémitisme viscéral. Vous aimez piquer, déchirer, mordre. Et vous vous cachez pour mieux exercer votre haine naturelle.

— Comment... Comment osez-vous ? s'indigna Ernie Jenssens, dont le visage se teinta de violet.

Quelques veinules avaient éclaté ; son nez gonflait.

— Vous êtes un homme cruel et fourbe, continua Higgins. Vous avez protesté auprès de moi de votre franchise. Une autre qualité que vous vous attribuez, et que les faits démentent.

— C'est... c'est scandaleux ! Sur quoi...

— Vous avez tenté de corrompre un commissaire-priseur, révéla Higgins ; pour obtenir ce qui vous est cher, vous semblez prêt à utiliser les pires moyens. Le mensonge est également une de vos armes. « Francis ne critiquait personne », avez-vous déclaré ; c'est faux et vous le savez. Le défunt avait des opinions tranchées, même s'il les exprimait rarement. Vous avez menti par omission en ne me signalant pas l'existence d'une lettre que vous avez écrite à sir Francis peu de temps avant le crime. Vous protestiez de votre indéfectible amitié à son égard, le suppliant de ne pas vous oublier. Autrement dit, vous preniez soin de vous désolidariser des autres fondateurs en vous rappelant aux bonnes grâces de sir Francis. Vous pouvez participer au concours universel des hypocrites avec de bonnes chances de succès.

Ernie Jenssens écarta les bras de façon désordonnée.

— M'accuser de tant d'ignominies... Quelle horreur !

Reginald-John England réconforta le chirurgien.

— Accuser un chic type comme toi, c'est infâme ! Ton pauvre cœur va encore en prendre un coup.

Higgins s'interposa.

— Veuillez regagner votre place, monsieur England.

Le transporteur faillit réagir brutalement, mais il se contrôla et obéit.

— Ernie Jenssens est un hypocrite maladroit, indiqua Higgins. Il a eu le tort de jouer une comédie misérable, trahissant sa vraie nature. Il est venu dormir au club pour échapper aux persécutions exercées par sa femme.

— Rien de plus vrai, confirma Reginald-John England ; chacun sait qu'Ernie est un véritable saint.

— Rien de plus faux, rectifia Higgins ; Ernie Jenssens connaissait les règles du jeu. S'il rentrait chez lui après l'heure fixée par sa femme, il savait qu'elle lui interdirait l'accès à leur maison. C'est volontairement qu'il est parti trop tard de chez les Elope ; son épouse l'a chassé comme prévu. Nanti de cet excellent prétexte, il a cherché refuge à Tradition.

— Pour quel motif caché ? interrogea Reginald-John England, acide.

— D'abord pour m'espionner, répondit Higgins. M. Jenssens a fait semblant de passer son temps à dormir. En réalité, il guettait mes allées et venues. Ensuite pour récupérer les objets dissimulés dans le piano. S'apercevant que le dispositif mis en place par le superintendant lui interdisait tout accès au salon de musique, il a eu une autre idée destinée à m'égarer : simuler un attentat sur sa personne. Deux possibilités pour l'expliquer : soit le retour de l'assassin, soit l'identification d'un coupable résidant en permanence sur place, à savoir Christopher, qui aurait voulu supprimer l'un des fondateurs après avoir tué sir Francis. Malheureusement pour vous, monsieur Jenssens, votre seule présence au club m'est apparue comme une trop grande anomalie.

— Remarquable roman, estima Sue England ; j'en ai lu de meilleurs, pourtant. Connaissez-vous celui où le policier est l'assassin ?

— Votre intervention, madame England, me permet de rappeler les liens étroits qui existent entre vous et M. Jenssens. Hanna Jenssens les confirmera. Son mari est l'un de vos admirateurs ; vous le fascinez. Quant à M. England, Ernie Jenssens le voyait en successeur de sir Francis à la tête de Tradition. C'est dire à quel point il vous était inféodé. Tout comme Freddy Elope, d'ailleurs.

Higgins abandonna le chirurgien aux cheveux blancs et se dirigea vers la harpe. Freddy Elope déchirait des cigarettes, enfournant les déchets dans ses poches ; sa femme, inquiète, se serra contre lui.

— Il est inutile que je vous pose des questions, monsieur Elope, puisque vous avez décidé d'être muet. Excellente tactique pour éviter de commettre des faux pas, mais insuffisante ; le silence est parfois plus révélateur qu'un flot de paroles. Vous êtes un homme triste et renfermé, vous militez pour la paix sur terre et formez avec votre femme un couple très uni. Ce détail m'a longtemps gêné ; j'ai cru que vous vous entendiez vraiment. En réalité, Eleonora Elope ne sait pas qui vous êtes. Vous êtes muet, elle est aveugle ; elle se tient à vos côtés, vous assiste, vous aide, sans savoir qu'elle sert les intérêts d'un monstre.

Eleonora Elope poussa un cri d'effroi.

— Désolé de vous faire si brutalement prendre conscience de la réalité, continua Higgins ; Freddy Elope est un tricheur. Il a déplacé une pièce pour me vaincre aux échecs, et ce seul geste trahit une âme vile. Comme tous les tricheurs, Freddy Elope est un esclave : celui de Reginald-John England, à qui il doit son emploi. Ce dernier le méprise, mais M. Elope le vénère comme un dieu qui lui accorde quelques miettes de sa toute-puissance, notamment des vacances à la montagne. Pour lui, England est l'homme qui a réussi et dont les droits sont incontestables. À cela s'ajoutait probablement un chantage ; si Freddy Elope n'obéissait pas au doigt et à l'œil, Reginald-John England aurait cloîtré son fils Andrew, interdisant à Eleonora Elope de le voir. Là encore, madame Elope, vous avez fermé les yeux.

— Tout cela n'a aucun rapport avec la mort de Francis, bredouilla Ernie Jenssens, agressif.

— Freddy Elope s'est absenté de son travail sous le prétexte de se rendre à un congrès rassemblant des pacifistes, mais n'a assisté aux séances que pendant le week-end. À partir de lundi, il m'a suivi en voiture en utilisant au mieux les renseignements fournis, de l'intérieur du club, par Ernie Jenssens. C'est Freddy Elope, chimiste qualifié, qui a drogué le sherry avec une remarquable précision. Lors de la fouille a été retrouvé un gant de caoutchouc très fin, fort pratique pour ne laisser aucune empreinte. Notamment sur la hampe de la lance. Sans doute est-ce Elope qui a également tenté de m'assassiner dans les docks. Des témoins le reconnaîtront lors d'une reconstitution détaillée.

— Non, dit Freddy Elope, ce n'est pas moi. Je n'ai fait qu'obéir.

— Qui a essayé de me supprimer ?

Freddy Elope toussa. Sa femme s'était écartée, le regardant avec des yeux hallucinés.

— Votre silence sera de nouveau inutile, affirma Higgins ; le superintendant Marlow est à présent en possession de la voiture noire. Retrouver son propriétaire sera aisé. Répondre sur-le-champ nous fera simplement gagner du temps.

Scott Marlow jugea l'ex-inspecteur-chef plutôt audacieux, car ses services ne détenaient pas le véhicule.

— À qui appartient la voiture noire ? demanda Higgins, presque paternel.

Freddy Elope leva vers lui des yeux vides.

— À Reginald-John England.

— 38 —

Les England ricanèrent ensemble.

— Mon pauvre Freddy, éructa Reginald-John, tu seras toujours un minable !

— Avec une femme comme la tienne, ajouta Sue England, c'est obligatoire.

Higgins contourna la harpe et vint s'adosser à l'extrémité du piano, face aux England. Sue demeurait assise, le front haut, le regard fier. Debout, à sa gauche, Reginald-John England semblait décontracté.

— C'est donc vous, monsieur England, qui avez tenté de m'assassiner. Il est vrai que le monde des entrepôts, fussent-ils désaffectés, n'a aucun secret pour vous.

Le transporteur se cura les dents avec un trombone.

— Continuez à délirer, inspecteur. Ça n'amuse que vous.

Higgins lissa sa moustache poivre et sel.

— Selon vous, madame England, vous avez été droguée comme les autres ; le criminel ne pourrait être qu'un voleur.

— Mais bien entendu ! Et je n'ai pas changé d'avis !

— Vous êtes la fille unique d'un milliardaire, et le véritable patron de la société England and England. Vous êtes toujours la première, celle qui connaît tout, qui a vu le meilleur et le pire. Vos maladies sont les plus graves, la moindre de vos actions est exceptionnelle, vous êtes la plus grande couturière, la plus grande pâtissière... Bref, la femme la plus stupide et la plus prétentieuse que sir Francis ait eu l'occasion de rencontrer.

Sue England serra les accoudoirs du fauteuil en grinçant des dents.

— Vous éprouvez un profond mépris pour tout ce qui n'est pas vous-même et n'avez qu'une ambition, comme l'a indiqué Eleonora Elope : rivaliser avec votre mari et le dépasser dans tous les domaines. Ce travers a fait de vous une criminelle.

— J'étouffe, se plaignit Sue England, dont le teint verdissait.

— Vous avez commis une des plus magnifiques bêtises jamais vues au cours d'une enquête criminelle, madame England. Sir Francis avait raison : c'est votre stupidité qui vous a perdus, vous et vos complices.

Higgins extirpa les bijoux cachés dans le piano et les fit identifier par leurs propriétaires.

Aucun d'entre eux ne revint à Sue England.

— Voilà votre incroyable bévue ; vous qui aimez être parée de manière spectaculaire, vous n'arboriez aucun bijou le soir du crime. Sinon, vous en auriez parlé et les autres l'auraient remarqué. Pourquoi ? Parce que vous vous étiez préparée à commettre un meurtre en simulant un vol ; et vous avez estimé qu'il serait plus prudent de ne pas être volée vous-même !

— Mais si, j'avais un collier, j'avais...

— Non, trancha avec gravité Eleonora Elope ; vous ne portiez aucun bijou.

Higgins demeura adossé au piano.

— Vous étiez amoureuse de sir Francis, reprit-il. Du moins, vous croyiez l'être ; mais il n'a pas reconnu vos immenses qualités. D'abord dépitée, vous êtes devenue haineuse. Sir Francis vous faisait de l'ombre, ainsi qu'à votre mari. C'est Hanna Jenssens qui a formulé la bonne hypothèse : vous avez tué pour vous venger.

Sue England jeta un regard affolé à son mari. Higgins contempla ce dernier avec sévérité.

— Dans le domaine de la vanité, vous vous montrez à la hauteur de votre épouse, monsieur England, et n'appréciez que ceux qui sont d'accord avec vous. Bientôt, vous vous prendrez pour Dieu le Père, bien que vous ne soyez qu'un patron d'opérette. Frustré dans votre entreprise, vous tentez, en vain, de jouer le rôle de chef dans votre famille. Mais vous demeurez un parvenu, incapable de diriger seul ; ce qui vous manque le plus, c'est une authentique reconnaissance sociale. Vous êtes nerveux, impulsif, agité par des pulsions mal contenues, parce qu'il manque le couronnement de votre édifice : être enfin considéré par l'establishment comme un vrai patron.

Reginald-John cessa de se curer les dents. Il était blême et se désintéressait de sa femme qui frottait sa rivière de diamants entre ses doigts.

— Lors d'un déjeuner, continua Higgins, vous avez maladroitement tenté de faire peser des soupçons sur les femmes participant à la soirée, à l'exception de la vôtre. Comment accorder le moindre crédit à un homme qui déteste son propre enfant et pratique le chantage aux sentiments ? Votre vernis mondain est peu épais, monsieur England. Vos attitudes sont aussi fausses que la plupart des œuvres d'art qui décorent votre hôtel particulier.

— Si vous m'accusez de meurtre, rétorqua le transporteur, très sec, donnez des preuves ! Sinon je quitte immédiatement cette pièce avec mon épouse.

Scott Marlow se plaça ostensiblement devant la porte du salon de musique.

— Reginald-John England n'aimait pas sir Francis Branir, indiqua Higgins ; il le craignait et le jalousait. Et il ne lui pardonnait pas de lui avoir fourni une caution bancaire à un moment très difficile de sa carrière. La domination intellectuelle du défunt lui pesait. En face de lui, Reginald-John n'était qu'un petit garçon. Une seule solution pour assouvir son ambition : obtenir la présidence du club Tradition. Quelle revanche... Devenir le maître d'un club aussi influent ! Quand Jasper Dean lui a fait connaître les intentions de sir Francis, Reginald-John England a pris une décision radicale : l'assassiner. De Jasper Dean, il exigea un silence coupable, d'autant plus facile à obtenir qu'il assurait la survie de son entreprise. Ce dernier l'a expliqué à sa femme, Ruth, qui a choisi, elle aussi, de se taire. Reginald-John England avait besoin de complices, et sa femme n'a pas résisté à l'envie d'acquérir Tradition et d'en devenir... présidente. Freddy Elope, qui lui est totalement soumis depuis l'époque où England était son chef scout, n'avait qu'à obéir. Ernie Jenssens, hypocrite et menteur, s'est joint au complot par goût de la destruction et par vénération pour England.

— Délirant, grinça le transporteur ; imaginez ce qui vous plaît.

— Étiez-vous enrhumé le soir du crime ? demanda Higgins.

— Non, je ne crois pas, répondit Reginald-John England, surpris.

— Ce n'est pas l'avis d'Eleonora Elope.

— Ni le mien, surenchérit Sue England. Tu l'étais, mon chéri ! Souviens-toi...

— Tais-toi donc, idiote !

Furieux, le transporteur gifla sa femme. Chacun s'attendait à une violente réaction de la part de Sue England, mais elle se terra dans son fauteuil comme une petite fille soumise.

— Vous étiez enrhumé, reprit Higgins ; mais le superintendant Marlow n'a pas trouvé de mouchoir sur vous lors de la fouille. Votre mouchoir, vous l'avez jeté dans le feu où j'ai recueilli des cendres significatives.

— Tiens donc... Et pourquoi ?

— Parce que vous l'aviez utilisé pour effacer les traces de sang sur le clavier du piano. Malheureusement pour vous, il restait des taches brunes et un fragment de tissu entre deux touches.

— Je suppose que le laboratoire du Yard est déjà au travail. Des cendres et un minuscule bout de fil. Ça ne suffira pas pour m'inculper.

— Dans un rôle de matamore, vous êtes imbattable ; si vous vous en contentiez, ce serait une moindre nuisance. Hélas, vous êtes devenu un criminel et avez entraîné des êtres faibles et veules dans votre sillage. Vous deviez agir vite, avant que sir Francis ait eu le temps de rédiger ses dernières volontés. Sachant qu'il allait vous les dévoiler, vous avez mis au point un plan infaillible. Freddy Elope a drogué le sherry. Vous, lui, Mme England et Ernie Jenssens avez fait semblant de boire. Les autres se sont réellement endormis. L'un de vous a assommé Christopher, puis vous êtes montés jusqu'au salon de musique. Ernie Jenssens tenait la lance ; en tant que chirurgien, il savait où frapper, avec force et précision. Il a ôté le gant, vous l'a passé, ainsi que l'arme, et vous avez frappé le deuxième coup, déchargeant toute votre haine. Sue England puis Freddy Elope ont agi à leur tour, avec moins de puissance. Vous avez caché vos propres bijoux et portefeuilles dans le piano, ainsi que ceux que vous aviez dérobés à vos amis, avec l'espoir de revenir les chercher. Freddy Elope a commis l'erreur de conserver le gant sur lui.

— Il m'appartenait, précisa le chimiste. C'était un instrument de travail. Moi, je n'ai presque rien fait.

— Sir Francis a enfoncé trois touches : *ré*, *fa* et *fa* dièse, afin de transmettre un ultime message. C'est pourquoi Reginald-John England a tenté de l'effacer et a déplacé le bras droit de la victime.

Higgins était persuadé que le défunt avait désigné ainsi son principal assassin, celui qui avait conçu ce meurtre à quatre mains ; mais il ne connaissait pas le code. Et son ami Arthur lui manquait au plus haut point.

— Des suppositions, encore des suppositions ! railla Reginald-John England.

Un policier vint murmurer quelques mots à l'oreille de Scott Marlow.

— Un témoin demande à être entendu, déclara le superintendant. Il affirme détenir des preuves.

— 39 —

Le colonel Arthur Mac Crombie fit une entrée remarquée. Les plus grands guerriers de l'armée des Indes n'avaient pas une allure plus digne.

— Désolé d'arriver si tard, mon cher Higgins, mais j'avais à résoudre des problèmes essentiels ; la chasse ne supporte pas l'imprécision. J'ai ici un document qui devrait t'aider à identifier l'assassin de mon ami Francis.

Mac Crombie lui remit l'enveloppe reçue par la poste.

Elle contenait les dernières volontés de sir Francis Branir, qui désignait Christopher comme son successeur à la tête du club Tradition dont il devenait le propriétaire légitime. Le défunt avait donc bien remarqué la présence de Ruth Dean au Ritz ; constatant qu'elle l'avait espionné et qu'elle ne garderait pas sa langue, il avait couché ses intentions par écrit et les avait fait parvenir à Mac Crombie. Il mettait ainsi Christopher et le club à l'abri du malheur.

— Quand as-tu reçu cette lettre ? demanda Higgins.

— Eh bien, avoua Mac Crombie, embarrassé, je n'en ai pris connaissance que ce soir en rentrant de la chasse, en présence d'une dizaine de policiers ! J'ai accouru ici aussitôt.

Scott Marlow jubilait ; cette fois, l'enquête prenait définitivement bonne tournure. Sue England brisée, Ernie Jenssens et Freddy Elope avoueraient sans difficulté leur participation au crime. Seul le chef de la bande des quatre, Reginald-John England, tentait encore de résister.

— Rien ne m'accuse de manière décisive, affirma-t-il, de plus en plus pâle.

— Francis et toi, demanda Higgins au colonel, deviez avoir un code pour correspondre entre vous pendant les conflits. T'en souviens-tu ?

— Il était fondé sur le solfège. Francis adorait la musique classique, moi les chants militaires ; à chaque note correspondait une lettre. On s'est envoyé tant de messages musicaux que je me souviens parfaitement des correspondances !

— Comment traduis-tu *ré*, *fa* et *fa* dièse ?

— R, J, E, répondit sir Arthur Mac Crombie sans hésiter.

— Reginald-John England, explicita Higgins. En mourant, sir Francis a désigné son assassin.

Le superintendant s'approcha du transporteur.

— Veuillez me suivre, mes hommes s'occuperont de vos complices.

Reginald-John England, haineux, s'adressa une dernière fois à Higgins.

— Votre reconstitution est presque parfaite, inspecteur. Vous n'avez commis qu'une erreur ! Le premier coup, c'est moi qui l'ai porté ; Ernie m'avait bien expliqué. Francis s'est retourné, il m'a vu. Enfin, j'étais le maître ! J'ai passé le gant à Ernie et il a frappé aussi fort que moi, par précaution. Francis est mort, et j'ai quand même gagné.

— Non, monsieur England ; je comptais sur votre vanité pour rectifier ce point. Vous avez tout perdu. Votre réputation est ruinée à jamais et vous avez entraîné vos complices dans votre déchéance. Un homme est mort, il est vrai, mais son œuvre continue puisqu'il avait désigné son successeur. Vous êtes aussi misérable que méprisable, monsieur England, et votre reliquat d'âme sera anéanti.

Scott Marlow frissonna.

Dehors, la neige tombait, recouvrant Londres d'un blanc linceul.

— Épilogue —

Scott Marlow conduisait avec prudence, et sa vieille Bentley toussait de manière inquiétante ; avec l'âge, elle devenait sensible au froid.

— Prenez par là, lui demanda Higgins, puis à droite, deux fois à gauche et tout droit.

La Couronne et le Premier ministre avaient adressé les plus vives félicitations au superintendant pour le brio avec lequel l'enquête avait été menée ; Higgins, conformément à ses exigences, n'apparaissait pas dans le rapport.

La neige estompait l'aspect sinistre des docks de Londres ; au fond d'une impasse, une fumée montait d'un brasero devant lequel se réchauffaient des clochards.

Higgins descendit de la Bentley et marcha vers le groupe d'où émergea la vieille qui avait orienté son enquête de manière décisive.

— Tiens, l'inspecteur ! Quel bon vent vous amène ?

— Me ferez-vous l'honneur d'accepter mon invitation à déjeuner ? J'ai réservé un salon particulier au Ritz ; nous évoquerons l'art du chant chez Jean-Sébastien Bach. Notre chauffeur nous attend.

Il sembla à Higgins que le rouge du chaudron montait aux joues de son invitée.

ŒUVRES DE CHRISTIAN JACQ

Romans

L'Affaire Toutankhamon, Grasset (prix des Maisons de la Presse).
Barrage sur le Nil, Robert Laffont.
Champollion l'Égyptien, XO Éditions.
Le Dernier Rêve de Cléopâtre, XO Éditions.
Égypte, l'ultime espoir. La vie héroïque du grand prêtre Pétosiris, XO Éditions.
L'Empire du pape blanc (épuisé).
Les Enquêtes de Setna, XO Éditions :
  * *La Tombe maudite.*
  ** *Le Livre interdit.*
  *** *Le Voleur d'âmes.*
  **** *Le Duel des mages.*
Et l'Égypte s'éveilla, XO Éditions :
  * *La Guerre des clans.*
  ** *Le Feu du Scorpion.*
  *** *L'Œil du Faucon.*
La Femme d'or. La vie miraculeuse de la reine-Pharaon Hatchepsout, XO Éditions.
Horemheb, le retour de la lumière, XO Éditions.
Imhotep, l'inventeur de l'éternité, XO Éditions.
J'ai construit la Grande Pyramide, XO Éditions.
Le Juge d'Égypte, Plon :
  * *La Pyramide assassinée.*
  ** *La Loi du désert.*

**** La Justice du vizir.*

La Création du Temple de Salomon, Ebook (uniquement).

Maître Hiram et le roi Salomon, XO Éditions.

Le Moine et le Vénérable, Robert Laffont.

Mozart, XO Éditions :

** Le Grand Magicien.*

*** Le Fils de la Lumière.*

**** Le Frère du Feu.*

***** L'Aimé d'Isis.*

Les Mystères d'Osiris, XO Éditions :

** L'Arbre de vie.*

*** La Conspiration du mal.*

**** Le Chemin du feu.*

***** Le Grand Secret.*

La Naissance d'Anubis ou le Crime suprême (nouvelle), J Éditions.

Néfertiti, l'Ombre du Soleil, XO Éditions.

Pharaon, mon royaume est de ce monde, XO Éditions.

Le Pharaon noir, Robert Laffont.

La Pierre de lumière, XO Éditions :

** Néfer le Silencieux.*

*** La Femme sage.*

**** Paneb l'Ardent.*

***** La Place de Vérité.*

Pour l'Amour de Philae, Grasset.

Le Procès de la momie, XO Éditions.

La Prodigieuse Aventure du Lama Dancing (épuisé).

Que la vie est douce à l'ombre des palmes (nouvelles), XO Éditions.

Ramsès, Robert Laffont :

** Le Fils de la Lumière.*

*** Le Temple des millions d'années.*

**** La Bataille de Kadesh.*

***** La Dame d'Abou Simbel.*

****** Sous l'acacia d'Occident.*

Ramsès III, le dernier des géants, XO Éditions.

La Reine Liberté, XO Éditions :

** L'Empire des ténèbres.*

** *La Guerre des couronnes.*

*** *L'Épée flamboyante.*

La Reine Soleil, Julliard (prix Jean-d'Heurs du roman historique).

Sphinx, XO Éditions.

Toutânkhamon, l'ultime secret, XO Éditions.

Urgence absolue, XO Éditions.

La Vengeance des dieux, XO Éditions :

* *Chasse à l'homme.*

** *La Divine Adoratrice.*

Ouvrages pour la jeunesse

Contes et légendes du temps des pyramides, Nathan.

La Fiancée du Nil, Magnard (prix Saint-Affrique).

Les Pharaons racontés par..., Perrin.

Essais sur l'Égypte ancienne

Ces femmes qui ont fait l'Égypte, XO Éditions.

L'Égypte ancienne au jour le jour, Perrin.

L'Égypte des grands pharaons, Perrin (couronné par l'Académie française).

Les Égyptiennes, portraits de femmes de l'Égypte pharaonique (épuisé).

Les Grands Sages de l'Égypte ancienne, Perrin.

Initiation à l'Égypte ancienne, MdV Éditeur.

La Légende d'Isis et d'Osiris, ou la Victoire de l'amour sur la mort, MdV Éditeur.

Les Maximes de Ptah-Hotep. L'enseignement d'un sage du temps des pyramides, MdV Éditeur.

Le Monde magique de l'Égypte ancienne, XO Éditions.

Néfertiti et Akhénaton, le couple solaire, Perrin.

Paysages et paradis de l'autre monde selon l'Égypte ancienne, MdV Éditeur.

Le Petit Champollion illustré, Robert Laffont.

Pouvoir et sagesse selon l'Égypte ancienne, XO Éditions.

Préface à : *Champollion, grammaire égyptienne*, Actes Sud.

Préface et commentaires à : *Champollion, textes fondamentaux sur l'Égypte ancienne*, MdV Éditeur.

Rubriques « Archéologie égyptienne », dans le *Grand Dictionnaire encyclopédique*, Larousse.

Rubriques « L'Égypte pharaonique », dans le *Dictionnaire critique de l'ésotérisme*, Presses universitaires de France.

La Sagesse vivante de l'Égypte ancienne, Robert Laffont.

La Tradition primordiale de l'Égypte ancienne selon les Textes des Pyramides, Grasset.

La Vallée des Rois, histoire et découverte d'une demeure d'éternité, Perrin.

Le Voyage dans l'autre monde selon l'Égypte ancienne. Épreuves et métamorphoses du mort d'après les Textes des Pyramides et les Textes des Sarcophages (épuisé).

Voyage dans l'Égypte des pharaons, Perrin.

Autres essais

La Flûte enchantée de W.A. Mozart, traduction, présentation et commentaires de C. Jacq, MdV Éditeur.

La Franc-maçonnerie, histoire et initiation, Robert Laffont.

Le Livre des Deux Chemins, symbolique du Puy-en-Velay (épuisé).

Le Message initiatique des cathédrales, MdV Éditeur.

Saint-Bertrand-de-Comminges (épuisé).

Saint-Just-de-Valcabrère (épuisé).

Trois Voyages initiatiques, XO Éditions :

** La Confrérie des Sages du Nord.*

*** Le Message des constructeurs de cathédrales.*

**** Le Voyage initiatique ou les Trente-Trois Degrés de la Sagesse.*

Albums illustrés

L'Égypte pharaonique, XO Éditions et E/P/A :

** Un royaume de lumière.*

*** L'âge d'or des pyramides.*

L'Égypte vue du ciel (photographies de P. Plisson), XO Éditions et La Martinière.

Karnak et Louxor, Pygmalion.

Le Mystère des hiéroglyphes, la clé de l'Égypte ancienne, Favre.

La Vallée des Rois, images et mystères (épuisé).
Le Voyage aux pyramides (épuisé).
Le Voyage sur le Nil (épuisé).
Sur les pas de Champollion, l'Égypte des hiéroglyphes (épuisé).

Bandes dessinées

Les Mystères d'Osiris (scénario : Maryse, Jean-François Charles ; dessins : Benoît Roels), Glénat et XO Éditions :

** L'Arbre de vie (1).*
*** L'Arbre de vie (2).*
**** La Conspiration du mal (1).*
***** La Conspiration du mal (2).*

ON EN PARLE...

« Higgins travaille comme nous le faisons, dans la réflexion. Il écoute, il observe, il relève ce qui est anachronique et incohérent. Ensuite, il réfléchit, analyse et pose les bonnes questions. Depuis trente-trois ans au service de la gendarmerie et de l'IRCGN, c'est ainsi que je forme les enquêteurs et les techniciens qui travaillent avec moi. »

Capitaine THOMAS,
IRCGN.

★

« La recette de Christian Jacq est simple : une intrigue bien construite, des personnages attachants et une écriture alerte. Simple, efficace… On n'a jamais fait mieux ! »

Thierry NIOGRET,
France Bleu Béarn.

★

« Une tradition d'enquête policière où la résolution des crimes commis ne doit rien aux procédés technologiques modernes, mais tout à la sagacité d'un enquêteur, l'inspecteur Higgins, digne héritier des Poirot ou Holmes. »

Nicolas BLONDEAU,
Le Progrès.

★

« Il n'est pas exagéré de dire que le lecteur, littéralement absorbé, mène les investigations au côté de l'inspecteur Higgins. »

Noëlle de Sonis,
La Manche libre.

★

« Le livre est rythmé, l'enquête digne d'un roman d'Agatha Christie. La recette est classique, mais la magie opère toujours. Le lecteur est captivé jusqu'aux dernières pages. »

Franck Boitelle,
Paris-Normandie.

★

« Christian Jacq mène avec une redoutable efficacité et une délicieuse sophistication un récit bien sombre et bien cadencé. Le lecteur est bousculé par les contre-indices qui jaillissent à chaque page. Il se laisse baigner par l'atmosphère enveloppante du récit. Ambiance crépusculaire et frissons garantis jusqu'à la dernière ligne. »

Véronique Emmanuelli,
Corse-Matin.

★

« Higgins n'écoute que son bon sens et balaie d'un revers toute précipitation. Poirot et Maigret, ses illustres confrères, usent de la même sagesse. »

Vincent Roussot,
L'Yonne républicaine.

★

« Fidèle à son habitude, Higgins va devoir user de son sens de l'observation, de sa maîtrise de la conversation et de sa perspicacité pour faire toute la lumière. »

Lyliane MOSCA,
L'Est-Éclair.

★

« Des polars à l'anglaise qui respectent à merveille les canons du genre, à commencer par les personnages, très typés… Des romans plaisants et distrayants, qui plus est bien écrits, pour passer le temps en avion, dans le train, ou en cachette au bureau derrière son Mac.

Depuis le paradis des romanciers, sainte Agatha Christie doit considérer avec plaisir la réussite de l'un de ses fidèles continuateurs. »

Philippe LE CLAIRE,
L'Union-L'Ardennais.

★

« Le livre se déguste comme un bon Agatha Christie et on attend avec impatience de découvrir la suite des aventures de cet inspecteur de Scotland Yard qui tient autant d'Hercule Poirot que de l'inspecteur Columbo ! »

Florence DALMAS,
Le Dauphiné libéré.

★

« Un roman fidèle à l'atmosphère et aux retournements de situation, tels que les aime Christian Jacq. Et nous avec. »

Yves DURAND,
Le Courrier de l'Ouest.

★

« Atmosphères troubles, énigmes *a priori* inextricables, personnages hauts en couleur, fausses pistes de tous côtés… Délectez-vous des enquêtes menées de main de maître par l'incomparable Higgins. »

Le Grand Livre du mois.

★

« Délicieusement désuet, mais très moderne en même temps, le héros de Christian Jacq est réellement postmoderne. Réjouissant ! […] On est enchanté du début à la fin. Avec une régularité métronomique, l'auteur livre ses gouleyantes enquêtes de l'inspecteur Higgins. Du grand art et une belle constance ! On en redemande. »

Bernard CATTANÉO,
Courrier français.

★

« Posé, poli, Higgins a tout du gentleman. Les personnages qu'il croise le sont sans doute moins. […] Tel un Sherlock Holmes ou un Hercule Poirot, il note tout. Le visible comme l'invisible n'ont pas de secret pour lui. On tente, de rencontre en rencontre, de deviner avec, voire avant lui, le fin mot de l'histoire mais Christian Jacq se joue de nous. Il nous faut, nous aussi, séparer le bon grain de l'ivraie, passer outre les apparences et les évidences. »

Sébastien DIEULLE,
La Semaine de l'Île-de-France.

★

« Le lecteur se perd en conjectures. Seul l'inspecteur, en relisant inlassablement ses notes prises dans son petit carnet noir, parvient à débrouiller l'écheveau. Encore une enquête qui se lit d'une traite. »

Olivier BACHELARD,
L'Union-L'Ardennais.

★

« Rares sont les séries policières affichant une telle longévité. »

Michel LITOUT,
L'Indépendant.

★

« Un style alerte, une intrigue palpitante ou encore des scènes irrésistibles : l'auteur possède un vrai talent. »

Pauline KERREN,
Journal de France.

★

« Un meurtre étrange, une intrigue policière digne d'Agatha Christie, des personnages hauts en couleur : tous les ingrédients sont réunis pour nous tenir en haleine et nous faire passer un bon moment de lecture. »

Cathy BRUNET,
Le 7.

Composition et mise en pages
Nord Compo à Villeneuve-d'Ascq

Cet ouvrage
a été achevé d'imprimer
sur Roto-Page
par l'Imprimerie Floch à Mayenne
en février 2024

Dépôt légal : mars 2024
N° d'édition : 5150/01 – N° d'impression : 104416

Imprimé en France